Author/かみや
Illust/comeo

「やっぱり藤間くん、
本当は声、
大きいんだなって……ふふっ」

声の主は、白いローブに身を包み、
木製の杖を持つ灯里伶奈だった。
くすくすと屈託なく笑う彼女から、
俺に対する悪意は感じられない。

召喚士が陰キャで何が悪い 01

Shoukan-shi ga Inkya de Naniga Warui

足柄山沁子
あしがらやま・しみこ
クラスから【地味子】とあだ名される陰キャ女子。
異世界で行き倒れ寸前だったが透に助けられる。
透からは【アッシマー】と呼ばれている。
祁答院悠真
けどういん・ゆうま
クラスカーストトップの
文武両道な陽キャ男子。
陰キャな透にも分け隔てなく
話しかけてくる。
高木亜沙美
たかぎ・あさみ
陽キャグループ所属のギャル系美少女。
性格は気が強いものの
友達思いでさっぱりしている。
鈴原香菜
すずはら・かな
陽キャグループ所属の癒し系美少女。
年齢よりやや大人っぽい雰囲気の持ち主。

灯里伶奈
あかり・れな
陽キャグループ所属の清楚系美少女。
大人しい性格だが芯はしっかりしている。
かつて自分を助けてくれた透に
告白するが――。
藤間透
ふじま・とおる
自他ともに認める陰キャな男子高校生。
異世界で召喚士としての
適性を得るが、肝心の召喚モンスターを
獲得できずにいる。

「まって」
手首を掴まれていた。
と言っていいのか。
細くしなやかな、それでいて柔らかな指先によって、
俺の右手首は後ろから優しく包まれていた。
右手首、右肘、右腕、右肩を経由して顔が熱くなる。
リディア・
ミリオレイン・シロガネ
透が薬草取引に使っている
無人市場で出会った絶世の美女。
取引相手である透に興味を抱き——？

召喚士が陰キャで何が悪い
1

かみや

HJ文庫
984

口絵・本文イラスト　comeo

01

Shoukan-shi ga Inkya de Naniga Warui

CONTENTS

一章　藤間透が陰キャで何が悪い

1　藤間透が陰キャで何が悪い

藤間透は陰キャである。

これは小学校、中学校と一貫した、俺に対するクラスメイトの認識だ。パリピなやつらは徹底的に俺を虐めたし、抵抗すれば徹底した無視に転じた。人は誰かを貶めないと生きていけない生命体なのである。

ならば、この境遇に甘んじている俺は、むしろありがたがられる存在ではないのか。クラスの抱える陰気、闇、そして悪意の標的を一身に浴びて人身御供となっている俺は、飢えた虎に自らの身を投げた釈迦のように手を合わせられるくらいのことがあってもいいのではないか。

しかし高校——それも進学校ともなれば、露骨なイジメは影を潜めるようだ。パリピはパリピなりに成長して『誰かを舎弟にしている俺カッケー』から『あんな陰キャに声をかけてやってる優しい俺カッケー』に進化する。

心ならず陰キャも並行して、パリピのストレス発散サンドバッグから進化エサへと進化する。かみ○りのいしとか、つ○のいしとかアレだ。俺の場合は間違いなくやみの○しだろうけど。ん？　俺すこしカッコよくね？

ちなみに、小学校中学校と一貫した陰キャという俺の評価は、高校一年生になっても変わることがなかった。……何が悪い。べつに変えようとも思わない。

「藤間くんもなにか意見はあるかい？」

話を急に振られて我に返ると、茶髪のイケメンが黒板からキラキラしたオーラを放ちながら俺に爽やかな笑みを向けていた。嫌味は感じられないが、クラスの話し合いに参加しない俺に、議長という立場から、責任感でこうやって問うているのだろう。

「あー……べつにそれでいいんじゃないっすか」

頬を置くため机に乗せていた肘を戻し、万が一のために用意していた答えを返す。

イケメンは「ありがとう」ともういちど俺に笑いかけ、教室を見渡して次の議題へと移った。

……それでいい。イケメンはイケメンらしくしていればいい。

俺はこれまで通り、十五年生きてきた藤間透の続きをやるだけだ。

ふたたび机に肘を置き、右頬を乗せる。

イケメンの声をＢＧＭに見た窓には空が広がっていて、きっと青いはずのそれを見ても、俺の胸には灰色の雲があるだけだった。

チャイムの音から下校の許可を賜り、後ろ手に鞄を持つ。

近くの席にいた女子たちの会話が耳を打った。

「ねーねー今日どうするー？　アルカディア行くー？」

「んー、金欲しいし、行こっかなー」

脳内で舌打ちし、ひとりで教室を出てひとりで下駄箱へ向かう。

アルカディアってのはゲームセンターでもカラオケでも、タピオカ専門店でもない。

就寝時にみるはずの夢を利用して行く異世界――それがアルカディア。

異世界へ行きたいと思ったとき、就寝前にちょちょいと携帯端末の設定をＯＮにすれば、その日の夜、俺たちは夢をみない。

「……んあー……」

その代わりに、目覚めるのだ。

「……ハロー、ワールド」

剣と魔法の異世界で。

◆　◆　◆

異世界が発見されて久しい。トラックに轢かれたり通り魔に刺されると行ける――そういうふうにいわれていたのはもうずいぶん昔。なんの取り柄もないオッサンや青年が神隠しにあい、召喚先である異世界で大活躍している――そんな話もひと昔前のことだ。
剣と魔法のファンタジー、それが異世界。

藤間透　☆転生数0
LV　1／5
EXP　0／7
▼
HP　10／10
SP　10／10

ＭＰ　10／10

▼──ユニークスキル

オリュンポス　ＬＶ1

召喚に大きな適性を得る。

▼──装備

コモンステッキ　ＡＴＫ1.00

ボロギレ（上）

ボロギレ（下）

採取用手袋

小銭袋↓78カッパー

「今日こそ金をプラスにしねぇとな……」

一泊20カッパーの安宿『とまり木の翡翠亭』。

入口にある古ぼけた石板──ステータスモノリスから顔を背けると、目つきの悪い男子が鏡に映っている。

なんのこだわりもない、邪魔になれば切る程度の黒髪。いや、顔自体はそれなりに整っていると思うんだ。しかし、生意気そうな、それでいて覇気のない瞳が、各パーツの整合性を台無しにして、根暗な印象を相手に与えてしまうのだろう。現実と一切違わぬ見慣れてしまった顔が、鏡のなかでため息をついた。

アルカディアに来てから一週間経つ。1シルバー＝100カッパーの開始時所持金は、じわじわと削られていた。

藤間透、召喚士。召喚モンスターは、まだいない。

商業都市エシュメルデ。北に鉱山、西に山岳を持ち、東には海、南には平原が広がるアルカディア随一の発展都市。

門をくぐればすぐそこにモンスターがいる世界だというのに、この街には笑顔が溢れている。それはこの街の警備と治安の充実を表していた。

まあ俺からすればそんなことはどうでもよくて、そんなことよりも問題なのは、

「藤間くんじゃないか？　おーい！」

異世界が気軽な存在ならば当然この街に降り立ったのは俺だけじゃなかったってことだ。

聞こえないふりをして、陽光が照りつける石畳の上をずんずん歩く。

「あれ？　藤間くんだよね？　おーい、藤間透くーん！」

……本名やめろや。ここまで無視を決めこんでも意味がないのなら、これ以上の被害を抑えるために振り返るべきだ。

「やあ」

「……ども」

そこには、ああこいつだろうな、と思った通りの人物がいた。毛先だけパーマされた茶髪、高い身長、高い鼻にキリッとした目、爽やかな語り口。同じクラスのイケメンだ。

就寝中にみる夢を利用し、魂だけを異世界の身体に飛ばす『アルカディア・システム』。

高校生になるとアルカディア・システムに参加する権利を持つことができ、自らの意思で異世界へ行けるようになった。

なかでも俺の通う鳳学園高校はその昔、アルカディア・システムを最初に導入した高校ということもあり、アルカディアへの参加者がやたらと多い。そのうえ同じクラスのやつは同じ街からのスタート。だからこうしてクラスメイトと鉢合わせすることもあるのだ。

「藤間くんは今からどこに行くんだい？」

「素材、集めに」

「素材？　どんな？」

なんなんだよこいつマジで。俺がどこに行こうと構わないだろ？　どこ行くの？　なにしに？　何時に帰ってくるの？　お前は俺のカーチャンか。

「あははっ、そんなに警戒しないでほしいな。もしかしたら藤間くんの力になれるかもしれないだろ？」

イケメンの装備は革の鎧に革の盾……どう考えてもルーキー御用達の装備なのに、俺には煌めいて見えた。

茶色の装備は全身ボロギレに骨製の杖という、俺の初期装備よりも二段階は上のランクだし、なにより身長や顔面偏差値が違いすぎて木製の剣ですらエクスカリバーに見える。

きっと、そんな云々を見定め、イケメンは上からものを申してくるのだ。

……気にいらねえ。そんなに欲しいかよ。陰キャに優しくする俺っていうステータスが。

「……イシ」

「石？」

「Stone……石じゃなくて、Will。意思」

「意思……それはアイテムの名前なのかい？」

「召喚モンスターを手に入れるために必要なんだよ。モンスターの意思ってやつが」

こいつは気に入らねえが、藁(わら)にも縋(すが)らなくてはならないくらいには切羽詰(せっぱつ)まっていた。

モンスターがドロップする『モンスターの意思』を使用することで、召喚士はそのモンスターを従えることができる。

しかし残念ながら、召喚モンスターをいまだ持たない召喚士である俺は一般(いっぱん)ピーポー。ただの陰キャ。モンスターなど倒(たお)せるわけがないのである。

「悠真(ゆうま)、なにしてんだってー。もう行こうぜー」

目の前のイケメンの背にかけられるいくつもの声。

男子二人、女子三人。こいつらと目の前のイケメンを合わせた六人が、俺の通う学校、そのクラスのカースト頂点である。

「まったく、みんなせっかちだな……。藤間くん、モンスターの意思だったね。覚えておくよ！　それよりもさ、どうだい？　一緒(いっしょ)に――」

「悠真(ゆうま)！」

後ろでたむろしていた女子のリーダーが、首を横に振りながらイケメンの声を遮(さえぎ)った。

あー。心底いやそう。なにそんなやつ誘(さそ)ってんだよと、鋭(するど)い目が、長いストレートの金髪が、高飛車そうな姿勢が言っている。

「うーん……じゃあ藤間くん、またね！」

イケメンはすこし迷う素振りを見せたあと、俺に手を振った。……それでいい。パリピはパリピを大事にすればいい。陰キャはそのぶん、自分の時間を大事にするから。

ずっと、そうだった。

去ってゆく六人。そのなかで唯一名前を知っている女子が、俺に悲しげな視線を向けていた。

アルカディアはまるでゲームのような世界だ。しかし現実のように世知辛い。

《採取結果》

17回（補正なし）
17ポイント

判定↓×
獲得なし

「坊主、また失敗か！　ガハハハハ！」

「はぁはぁ……うっせ……はぁ、はぁ」

むしろ高校生の身分で汗水垂らして働いて、毎日生きるだけで精一杯なぶん、現実よりも世知辛かった。

生きていくには金がいる。一週間かけて探した安宿が一日20カッパー。一日の食費が切り詰めまくって30カッパー。飲み水が20カッパー。シャワーが一回10カッパー。

一日およそ80カッパーが飛んでゆく。身にまとう小汚いこげ茶のボロギレを洗おうと思えばもっとかかる。

《採取結果》

21回（補正なし）
21ポイント

判定↓E
エペ草を獲得

「よっし……！」

手に入れたのは緑の草。あたり一面に敷き詰められた雑草とは違い、もっと深い緑をした、つぼみのついた草だ。

この草は採取で得られる草では一番低ランクで、売却額も５カッパーと最安値だ。しかしその用途は多く、良い匂いがして汚れを落とす効果もあるため、すりつぶして洗剤の代わりになったり、ほかの草と調合することで薬草になったりする。

しかしなぜこんなにも便利なものが最安値なのかというと、そこらじゅうに溢れているからだ。

エシュメルデの南門をくぐると、見渡す限りの草原にいくつもの採取スポットが白く光って見える。そのほとんどでエペ草が採取できるため、需要に供給が追いついて値崩れを起こし、こんな安値になっている。

エシュメルデから離れれば離れるほどモンスターの住処に近づくことになり、モンスターに遭遇する確率が高くなってしまう。だから街周辺の採取スポットは俺のような落ちこぼれや、戦闘能力を持たない現地民の、わりかし安全な採取場になっていた。

「よし、ワシはこのへんにしておくかな！　じゃあな坊主、死ぬなよ！　ガハハハハ！」

現地民――背が低く小太りで、採取が得意な『ティニール』という種族のオッサンの大きな声に顔を上げると、彼はもう立ちあがっていた。

オッサンの背中に会釈だけして、ふたたび採取ポイントに視線を落とす。

ちなみに、アルカディアで得た金銭は、端末を介して現実での金に替えることができる。相場が揺れることもあるが、基本的に1カッパーは10円だ。一枚5カッパーで買い取ってもらえるこのエペ草は50円の価値がある。

なお、なにやら理由があるらしく、現実の金をアルカディアの金に替えることはできないため、現実での金持ちが勝つシステムってわけでもない。もっとも、金持ちならば、得た金を心おきなくアルカディアで使い込めるのだろうが。

……まぁなんにせよ、いまの俺には、この金を現実の金に替える余裕はない。

採取。採取採取採取、採取。

さっきのパリピたちやクラスメイトのように群れることもできず、召喚モンスターを持たぬ召喚士の食い扶持なんて、採取くらいしかなかった。

　俺はこの採取で、どうにか毎日を食いつないでいる。


　アルカディアでの一日が終わった。

　今日の稼ぎは１シルバーと20カッパー。

　１シルバーは１００カッパーだから、１２０カッパーも稼いだことになる。

　一日じゅう働いて１２００円と換算してしまえば、時給いくらのブラックバイトだよって話になるが、これはアルカディアに降り立ってからいちばんの豊作だ。

「このままいけば、いつかは……」

　小銭袋の中身を確認すると、１シルバーと18カッパー。

　今日一日で生活費を差し引いて40カッパーの儲け。生活苦で生きるか死ぬかしている俺からすればまさに会心の一日だった。

　小銭袋の中で輝く、久しぶりに見た銀貨の煌めき。

　まずい黒パンを噛み砕きながら、夢想する。

　モンスターの意思を入手し、無双する日を。

◆　◆　◆

明けて、現実での一日のはじまり。

安アパートで目覚めた俺は、いそいそと歯を磨き、いそいそとスティックパン（チョコ）をかじり、いそいそと着替えていそいそと学校へ向かった。

はぁ……。現実とかめんどくせ。

「あっ……」

学校まであと五分というところで涼やかな音色が俺を振り向かせた。

出くわしたのは同じクラスの灯里伶奈という女子だ。腰まで伸びる黒髪、背筋はぴんと伸び、そっと両手で黒の学生鞄を持つ楚々とした佇まい、くりっとした目。

彼女は美しい靴の音を止め、じいっとこちらを見ている。振り返っても誰もいない。

……やはり彼女が見ているのは、俺なのだ。

「お、おはよう」

「……うす」

短い挨拶をして、俺は彼女に背を向ける。すこし逡巡したような間のあと、俺の鈍くさい足音に彼女の靴の音が続いた。

灯里伶奈。クラス内で俺が名前を知る、数少ない生徒のうちのひとりだ。

数日前、放課後の教室。黄昏は、ふたりを朱く染めていた。

『あ、灯里伶奈と申します……。藤間透くん、す、好きです。私とつきあってもらえませんか』

『罰ゲームなら他所でやれ』

にべもなく即答し、鞄を背に担いで、彼女を教室に置き去りにした。

うっひょー中学校から数えて三度目の告白―。俺超モテるー。……とはならないくらい、俺の心は冷めていた。

一度目も二度目も、同じ。パリピ連中の考えた、罰ゲームだった。

陰キャやブサメンに告白し、オッケーをもらったところで種を明かし、仲間内でプギャーする罰ゲーム。

相手こそ全員違ったが、今回もそうに違いない。俺はもう、こんなことでときめかない。

顔を朱に染めることも、心ぴょんぴょんすることもない。

罰ゲームするなら他人に迷惑かけんなボケ。……灯里伶奈の告白は、俺にそんな苛立ちしか与えなかった。

「どうすれば……信じて、くれるの？」

通学路。背にかけられた声に、振り向くことはない。

「私、あのとき藤間くんに助けられて、その……」

「伶奈ー！」

細々とした声は、リア充臭のする女子の声にかき消される。

「うわ藤木じゃん、ヤバ」

「っ……、ぅ……」

俺の背を見たリア充女がひっそりと灯里に耳打ちする。知ってる？　それ全部聞こえてんだぜ？　まぁそれを口にしたところで「聞こえるように言ったんだよバーカ」って返されるのがオチだから何も言わんけど。ちなみに俺は藤木ではなく藤間である。

ともあれ「どうすれば信じてくれるの」という問いには、応える気にもならなかった。

お前はそっち側の人間。俺はこっち側の人間。

そっち側に居て、いまここで俺の悪口を言う友人になにも言い返さないお前を、俺が信じられるわけがないだろ。


学校での休憩時間。つくづく思うが、名前というのは非常に大事である。人を印象づけるのに一役買っているし、なにより名前が理由で虐められる場合だってあるのだ。あー俺、藤間透って普通寄りの名前で良かったわー。でも名前関係なくても虐められてたわー。

「地味子、さっさと来い」

「は、はい……」

入学してだいたい一週間。俺がこのクラスで名前を知っている人物はふたりしかいない。

ひとりはさっきの灯里伶奈。罰ゲームとはいえ、自己紹介されればいやでも覚える。

もうひとりは……。

「オラ地味子さっさとしろ」

「で、でもこういうことは、自分でやったほうが……」

「あぁ？　アタシに逆らうの？」

「ひうっ……い、いえっ……どうぞ……」

俺と同じくクラスで冷遇されている女子。

なんだかもこもこふわふわしたダークブラウンの髪に、低身長でややぽっちゃりした身体。顔は目が大きいことを除けば平凡。

「おっ、サンキュー地味子」

「うぅ……」

もちろん彼女は地味子という名前ではない。彼女の容貌やおどおどした性格がそう呼ばせているのだろう。

しかし、それにしてもかわいそうだとは思う。

足柄山沁子（あしがらやましみこ）。彼女のパワーネームは、一度聞いたら忘れない。

……ああそうか、沁子（しみこ）だから地味子なのか。センスのねえあだ名。もはや悪口じゃねぇか。そうだな、俺ならこう付けるけどな……。

昼食の焼きそばパンを頬張（ほおば）りながら、そんなどうでもいいことを考えた。

「うわあああああっ！　コボルトだっ！　コボルトが来たぞっ！」

「「「うおあぁぉあああっ！」」」

アルカディア。採取の手を中断し、脱兎（だっと）のごとく逃（に）げ出す。

「坊主おまえ異世界勇者だろ！　なんとかしやがれ！」

「冗談（じょうだん）はハゲ頭だけにしろクソジジイ！　あんな槍（やり）持ったやつと闘（たたか）えるわけねぇだろ！」

「言いやがったな根暗坊主！　悪口はハゲかクソジジイだけにしやがれこの童貞（どうてい）！」

「オッサンこそどっちかにしやがれ！　童貞の何が悪いってんだ！　オッサンに迷惑かけ

たか⁉　かけてねぇだろ⁉」

唾を吐く勢いで悪口を言いあいながら、現地民のオッサンたちとなんとか南門まで逃げ帰ると、呼吸を整えながら声をあげる。

「あーくそっ！　調子良かったのに！」

そう、今日は調子が良かった。ずっとE判定だったエペ草の採取が、一度だけD判定で成功したのだ。

さらに言えば、エペ草の採取よりも難しいライフハーブの採取にもE判定ではあるが成功したのだ。エペ草×2という二倍の報酬に小躍りしたいほどだった。

こちらは5カッパーのエペ草と違い、7カッパーで売却できる。

「くそっ！　これからってときに……！」

現実では絶対しないような感情の吐露。それだけ残念だった、というのもあるが、オッサンの、きっと悪意のない言葉が、棘となって俺の胸に刺さっていた。

『異世界勇者だろ！　なんとかしやがれ！』

俺たち、現実からアルカディアに来た人間は、現実でもアルカディアでも異世界勇者と呼ばれている。

現実では、異世界へ〝行く〟勇者。異世界では現実から〝来る〟勇者。

モンスターが蔓延るアルカディアを救うため、それぞれに与えられたユニークスキルを駆使して闘う――それが異世界勇者。召喚魔法に大きな適性を得る、俺のユニークスキル【オリュンポス】もそうだ。

しかし、召喚モンスターがいない俺に、採取をして日銭を稼ぎ、モンスターが来れば逃げるだけのいまの俺に、勇者の名前は重すぎた。

「え……藤間くん？」

猛ダッシュの疲労から門の脇に座り込み、考えながら肩で息をしていると、戸惑ったような声がかけられた。声の主は、白いローブに身を包み、木製の杖を持つ灯里伶奈だった。

「……んだよ」

「あ、ううん、どうしたのかなって。それと……」

言うべきか言わざるべきか迷った様子で視線を彷徨わせた挙げ句、灯里伶奈は結局それを口にした。

「やっぱり藤間くん、本当は声、大きいんだなって……ふふっ」

くすくすと屈託なく笑う彼女から、俺に対する悪意は感じられない。

だからこそ。……だからこそ、女は怖いんだ。

「陰キャは全員声が小さいとでも思ったか」

「あっ……違う、そんな意味じゃなくて……！」

「ま、普段喋らないからな。つーか俺に話しかけないほうがいいぞ」

「っ……ど、どうして……？」

どうして？　なんでわからないんだ？

教えてやろうかとも思ったが、さすがに俺の口から言うのは、俺の矜持が許さなかった。

「伶奈！」

……ほら、俺が言わなくても向こうからその理由が来たぞ。

「伶奈、どうした？　……あれ、藤間くんじゃないか。どうしたんだい？」

やって来たのはイケメンA、なにがし悠真。

「うわ……ホームレスか？」

「そんなとこに座って汚くね？」

イケメンBとイケメンC。

「つーか伶奈、藤木に話しかけたら格落ちるよ？」

「そーだよー。見ないふりしたほーがいいよー」

ビッチAとビッチB。

「う……」

そして灯里伶奈。我らがクラスのトップカーストである。

さて、カースト頂点、中堅、あるいは俺と同じように底辺に堂々と鎮座する諸兄ならばご存知だろう。すべてはビッチAの言葉、

『藤木に話しかけたら格落ちるよ？』

この一言がアンサーである。ついでに俺の名は藤間である。

俺に話しかけることで、灯里伶奈は格を落とす。せっかくトップカーストにいるんだから、わざわざ落とす必要などないに決まっているのだ。

それは灯里もわかっているのだろう。その証拠にさしたる反論もしない。

だからやはり、思う。あれは、罰ゲームだったのだと。

俺の視線が冷淡になってゆくのを感じたのか、灯里は俺から顔を背けた。

「じゃあみんな、行こう！」

「「おうっ！」」

トップカースト六人は勇敢に南門を潜り、門付近まで追いかけてきたコボルトと対峙する。

しかし彼らよりも勇敢なのはモンスターだ。たった一匹であるにもかかわらず、六人もいる彼らに槍を掲げながら突っ込んでくるのだから。

「亜沙美、香菜」

「あいよっと！」

「えいっ」

　イケメンAの号令で、ビッチABが同時に洋弓から矢を発射した。その片方が目に突き刺さり、コボルトは悶えて足を止める。

「いまだっ！」

「「おうっ！」」

　剣や槍を構えて突っ込んでゆくイケメンたち。

「グルアァッ！」

「くっ……」

「こいつ、うっぜぇ！」

「はよ死ねっつーの！」

　コボルトは片目を負傷しながらも、死にものぐるいで槍を振りまわし、イケメンたちを近づかせない。

「悠真、慎也、直人、どいてっ！」

　ビッチAの声で、三人の前衛が理解したようにサッと退く。それは後ろに下がるというより、後衛からの弾道を空けた、といったほうが正しい。

「炎の精霊よ、我が声に応えよ」

　俺の耳に涼やかに届いた声は、詠唱だった。

「我が力に於いて顕現せよ。其は敵を穿つ火の一矢也」

　水平に構えた灯里伶奈の杖から魔法陣が現れる。風がそよいで、やがて強く、彼女が羽織る白のローブをはためかせてゆく。

「火矢」

　爆発と射出が綯い交ぜになったような音がして、魔法陣から一筋の炎の矢が勢いよく発射され、その眩しさに思わず手を翳した。

　炎の矢は洋弓から出たものと比べものにならないほど速く、力強く、

「ギャアアアアアアッ！」

　コボルトの胸を貫いて爆発した。

「っしゃあ！　行くぞオラァ！」

「抵抗しやがってクソ犬野郎！」

「ギャ……ギャ……、ギャアアアアアアッ！」

　コボルトの動きが止まったことを確認し、イケメンBとCは我先にと駆け、剣の、槍の、その先端を何度も何度も何度も何度もコボルトの身体に沈めてゆく。

美しい緑が血に染まり、コボルトを緑の光が包んだ。その光はコボルトの亡骸と飛び散った血の紅をきれいさっぱりかき消して、やがてひとつの木箱を運んできた。

「っしゃ終わりぃー！」

「いてて……自分で手ぇ切っちまった。伶奈、回復してくんねぇ？」

「う、うん。癒しの精霊よ、我が声に応えよ………」

弛緩した空気が流れ、俺と一緒に採取をしていたオッサンたちが「さすが勇者さまだ！」と彼らをもてはやすと、満更でもない顔で礼を受けた六人は木箱の中身を回収してどこかへと旅立った。

……なにも、ない。モンスターも、モンスターが流したおびただしい血も。あいつらが中身を回収すると、木箱自体もどこかへ消えうせた。

「どうした坊主、モンスターはもういないぜ？　採取の続き、行かねぇのか？　……ははーん、同じ勇者でも坊主は闘えねぇからなぁ。気後れしてんだろ？　ガハハハハ！　気にすんなって、生きてりゃきっといいことあっからよ！　ガハハハハ！」

オッサンに背をバシバシと叩かれながら、俺は意に染まない思いでいっぱいだった。

……あいつらの、顔。

コボルトにトドメを刺すときの、刃物を身体に突き立てるときの、あの哄笑。

あいつらのほうがよっぽどモンスターじゃねえか。あんな残酷（ざんこく）に殺さなくてもいいだろ？　首に剣を刺せば終わるだろ？

あいつらがパリピなら、そのパーティーはウェイウェイしたようなもんじゃない。血に染まった殺人鬼（さつじんき）の快楽殺人パーティーじゃねえか。

なにが陰（いん）キャだよ。お前らのほうがよっぽど陰キャじゃねえか。

——とかなんとか偉（えら）そうに言っておいて、彼らがもたらした平和のもと、そそくさと採取に勤（いそ）しむ俺氏。

背に担いだ安物の革袋（かわぶくろ）がいつもより早い段階でいっぱいになった。まだ昼だけど、一旦（いったん）売却して金にしたほうがいいな。

「……お先」

「おう！　またあとでな！」

一応オッサンに声をかけ、南門からエシュメルデ中央にある冒険者（ぼうけんしゃ）ギルドへ。

受付は三つ。そのうちの二つは行列ができていて、しかし右端（みぎはし）のひとつはガラガラ。

……いつもの光景だ。

「エペ草が十一点で55カッパー、ライフハーブ四点で28カッパー。計83カッパーになります」

「……ども」

華やかな左と中央に比べて愛想もクソもない受付嬢から硬貨を受け取ると、中央広場でいつもの黒パンふたつのセットを10カッパーで購入し、順番にガリガリと咀嚼してゆく。

そうしながら一旦宿へ足を向ける。稼いだ金を自室の金庫に仕舞うためだ。

アルカディアにおいて、死は永遠ではない。モンスターに殺されても死なない……と言えば語弊があるだろうか。

戦闘で殺されると、モンスターと同じように俺たちの身体も緑の光に包まれ、五体満足の状態で拠点――俺の場合は宿のベッドに強制送還される。

ペナルティはアイテムの一部ロスト、所持金の半分ロスト、そして目覚めまでの二時間という時間だ。

全財産を半分失うわけにはいかない。だから金を得た後は、必ず宿の金庫に預けてから採取に出るようにしていた。

中央通りから外れ、どんどん繁栄とは程遠い街並みに変わってゆき、景色はスラム街のような様相になってきた。ここを曲がれば、俺が滞在している安宿――

「お願いします！　もうここしかないんです！」

「駄目だって言ってるでしょ！　金のないやつを泊める宿がどこにあんのさ！」

「お願いします、馬小屋でもいいんです！　その、働きます！　わたし、お料理もトイレ掃除もベッドメイクもやりますから！」

「間にあってるよ！　しつこい子だねっ！」

「ああうっ……！」

どがっ。

そんな音とともに宿の入口から勢いよく転げ出てきたのは……。

同じクラスの足柄山沁子……通称、地味子だった。

2　いま思えば、これがはじまり

「げ、アッシマー」

転げ出た影に、地味子じゃ可哀想だと、脳内でつけたあだ名を思わず口にしてしまったのが俺の運の尽きだった。

「ふぇ……藤間くん？」

泣きそうな顔がこちらを向く。

地味子と言われるだけあって、地味めの顔立ち。もこっとした癖のあるダークブラウンの髪。しかしまあ潤んだ瞳は大きく、庇護欲がそそられないこともない。

「おや、204号室のあんちゃん。今日は早いね。ところでこの子知り合い？　さっきから金もないのに泊めてくれってうるさくて……あんちゃんからもなにか言っておくれよ」

俺からすれば割と友好関係を築いている気がしなくもない女将がファンタジーらしい唐紅のポニーテールを揺らし、切れ長の目を俺に向ける。

「足柄山……さん、金、ないのか？」

「うっ……いまは……ない、です。……しかし必ず！　必ず出世払いしますので……！」

「ダメだっつってんでしょ。必ず払うならいますぐ身体でも売って稼いできな。顔はそれなりだけど、その身体なら結構稼げるでしょ」

「そ、それだけは！　わたしまだ経験ないので！　なにとぞ！　なにとぞお願いします！」

女将は「これだよ」と俺に向かって肩をすくめた。仕方なくアッシマーに声をかける。

「なあ、出世払いって何をしてどう出世するつもりなんだ？」

「わ、わたし、ユニークスキルがアイテムに関するスキルなんです。ですので、採取で得たものを調合したり錬金したり……それで自分のお店を持って、エシュメルデでいちばんのアイテムショップを作りたいんです！」

「気が遠くなるな」

今日明日じゃなくて年単位の話じゃねえか。それを聞いた女将は「話になんないね」とため息をついて、

「んじゃあんちゃん、あとよろしく」

「あっ、ちょ、女将さん、あっ、おーい……」

バタン。

その音は入口の扉を閉めた音だったにもかかわらず、俺には「その子をなんとかするま

で入ってくんな」という副音声がはっきりと聞こえた。

「じゃ、そういうことで」

いまを逃せばこいつから逃げられなくなる。そう思って扉へ駆け寄るが……。

「ま、待ってください！　藤間くん、わたしを雇いませんか？　こう見えてわたし、意外と役に立ちますよ！」

「心から要らねぇ」

「ほ、ほら！　意外と力持ちですし！　意外としぶといですし！　モンスターに襲われたとき、わたしがいれば三十秒は足止めできますよ！」

「それお前死んでるよな」

こいつダメだ。格好は俺と同じ上下ボロギレ。ようするに俺と同じドロップアウト組だ。異世界アルカディアへ転移する権利は高校の入学と同時に与えられる。今日で入学から一週間とすこし。いまだにこの格好ってことは、どう考えても落ちこぼれ。なんとか生活の基盤を維持してきた俺よりも落ちに落ちた最底辺。

俺にも自分が最底辺だという自覚はあるが、アッシマーはピラミッドの最底辺でありながら、しかしピラミッドをつくる為の石を運ぶ奴隷にまで堕ちているように見えた。

「つーかお前、学校でつるんでる奴に頼めよ」

「う……できないのわかってて……いじわる……」

あー、これは俺が大人気なかった。やけに勢いがよかったからパリピだと勘違いしてたけど、クラスじゃこいついじめられっ子……とまでは言わないが、よくいじられてるやつだったわ。

「うう……」

「いまのは俺が悪かった。……で？　なんで真っ先に寝床を探してんだ？　それよりも必要なもの、もっとあるだろ」

たとえば、靴。俺も裸足だが、アッシマーも裸足だった。俺の場合購入したのだが、先日モンスターに殺された際にロストした。くっそあのコボルト。

たとえば、服。宿代は20カッパーだが、30カッパーでコモンシャツという安物の服が購入できる。ボロギレを纏っているせいで、乞食感半端ない。俺も人のことは言えないけど。

たとえば、食いもの。さっきから『ぐー』と腹の音が鳴りまくってるんだけど。女子としてそれどうなの。

「その、拠点がないと、死んだらその日が終わってしまいますから」

「あー……まあそうだけど」

死んでも二時間後に拠点で復活する世界。しかし拠点がなければ復活できる場所がないため、強制的に現実に戻されるのだ。

翌日以降アルカディアへふたたび戻るには、現実で市役所へ行き、正規の手順を踏んで再転移の申請をしなければならない。そうすれば所定の位置で１シルバー……１００カッパーを持った状態でめでたく復活できるというわけだ。

幸いにも俺はまだ経験していないが、その手続きが面倒で、そのうえ二週間ほどかかるらしい。

「やっとアルカディアに参加できる年齢になったのに、二週間も足踏みなんていやですっ……！」

「いやですっ……！　って鼻息荒くして言われてもな……」

一泊20カッパー。クラスメイトであるこいつのために払ってやれない額ではない。しかし、単なるクラスメイトに払ってやる道理もない。

「一応訊く。お前、この宿に泊まれたらどうすんの？」

「はいっ、拠点登録が済みしだい、採取に行こうかと！　そして20カッパー以上稼いで、藤間くんにお返ししますっ」

「ねえ待って、勝手に俺が貸す前提で話を進めないで」

「あっ……！　わたし、いいこと思いつきました！」

「いいこと？　……あ、やっぱいい。言わなくていい」

「藤間くんはこの宿に泊まってるんですよね？　わたし、藤間くんのお部屋の床に寝させてもらえませんか？」

「言わんでいいって言ったのに……」

想像通り、頭の悪い発想だった。

「却下。だいたい拠点って寝床で設定されるから、床じゃ拠点にならないだろ」

「なら、藤間くんのベッド、一瞬だけ貸してもらえませんかっ。拠点の登録さえさせていただければわたしは床で構いませんのでっ」

「あほ、それだと俺が死んだらどうすんだよ。基本的にひとつの寝床はひとりの拠点だろ」

「うぅ……。じゃあ……うぅ……」

どうやらもう万策尽きたらしい。

「あれ、あんたらまだやってたの？」

呆れた顔の女将がホウキを持って現れた。

「いっそのこと二人部屋に住んだら？　二人部屋ならふたりで30カッパーだし、ベッドもストレージボックスも各自のぶんあるし、部屋にはステータスモノリスもあるよ。……あ、いまならちょうど作業台のある広い部屋も空いてるけど」

いやいやないない。…………ん？

「作業台がついてるんですか？」

「うん。低ランクの調合や加工、錬金やエンチャントなら余裕でできるよ」

「藤間くん作業台ですよっ！　これはもういくしかなくないですか⁉」

アッシマーがうるさい。

……それはともかく、作業台はありがたい。

エペ草は5カッパー。ライフハーブは7カッパーで売却できる。ふたつ合わせれば12カッパーだが、作業台を使って『調合』を行なうと、このふたつが合わさって『薬草』になるらしい。

薬草の売却額は、情報がころころ変わって頼りにならないアルカディアの攻略サイトによれば、14カッパー～17カッパー。1セットあたり2カッパー～5カッパーの儲けだ。作業台が使えるようになり、アッシマー……調合士までついて一日10カッパーなら損はない、か。

「おい、足柄山」

「はいですっ！　……って、さっきはさん付けだったのにもう呼び捨て⁉」

こいつは自分の立場をわかってんのか。

「お前、ユニークスキルは？」

「【アトリエ・ド・リュミエール】といって、採取、生産、調合や錬金が得意になるスキルですっ。あとはアイテムを使うときの効果が上がったり、えと、あとは……モンスターを倒した後に出る木箱の開錠も得意ですっ。あとはあとは……そう、報酬！　モンスターをやっつけたときの報酬が増えますっ」

「よし、ならひとまず、一週間だけ雇ってやる」

俺がそう言うと、鬼気迫る表情からぽかんと口をあけ、

「い、いいんですかっ」

「言っとくが、タダで住まわせるわけじゃない。きっちり働いてもらうからな」

「はいですっ！」

こうして、俺とアッシマー……足柄山沁子との共同生活がはじまった。

ベッドは部屋の両端に置かれており、その横に金庫兼アイテムが収納可能なストレージボックス、部屋の中央に共同の作業台。ドアの反対側、ふたつある両開きの窓際の壁には首ほどの高さのステータスモノリスが設置されている。

思ったよりも広く、天井がやや低いこと以外は不満のない、良い部屋だった。

「どっちのベッドがいい？」

「どちらでも構いませんっ、寝床をいただけるだけで幸せですっ」

ならば、と奥のベッドに座り、現れたウィンドウから拠点変更を終えると、続けてベッドの隣のストレージボックスにも触れ、所有者を俺に登録した。

「足柄山、これ開けてみろ」

「この箱ですか？　よいしょっ……。……？　ふぎ、ふぎぎぎぎ……あ、開きませんよっ」

「よし、もういいぞ」

演技には見えないし、持ち上げることもできない。かといって俺が触れればすぐに開く。金庫としての役割はじゅうぶんに果たしてくれそうだ。

「わたし、盗んだりしませんよっ」

「ああ。でもこれで万が一すくなくなってても、お前を疑わないで済むだろ？　お前も手に入れた金とか貴重品は絶対にこのストレージボックスに入れておけよ。つまらない疑いをかけられたらたまらん」

そう言ってから、この部屋に悪臭がたちこめているのが気になった。

いや、部屋に入ってすぐは気にならなかった。ということは、俺たちが入ってから悪臭の原因が現れた、ということになるが……。

「…………足柄山」

「はいっ」

「あ、お前だわ。くさっ。最後にシャワーしたのいつだよ」

「がびーん！　ちゃんと毎日お風呂入ってますよぅ！」

「……アルカディアでは？」

「……？　アルカディアにシャワーあるんですか？」

あるんですか……？　ときたもんだ。

この酸っぱいような、それでいて獣臭いような悪臭を目の前にいる女子が撒き散らしていると知り悲しくなった。一週間ちかくシャワーをしてないとかマジでヤバいだろ。

小銭袋から20カッパーを取り出して渡す。

「藤間くん、これは？」

「シャワー10カッパー。タオルが10カッパー。お前タオルなんて持ってないだろ」

「えっ……いい、んですか？」

潤んだ瞳に首肯で応える。礼はいい。さっさときれいさっぱりしてきてほしかった。一週間ぶんの悪臭を落としてきてほしかった。

「シャワー施設は宿の隣にあるから」

教えてやって、部屋からアッシマーを追い出す。次いで窓を開け悪臭をも追い出すと、ちょうど宿から出たもこもこ頭が目に入った。きょろきょろと辺りを見渡している。

「右だ、右」

不安げな表情が振り返り、ぱあっと明るくなる。俺が指さす先でシャワー施設を発見し、俺に大きく手を振ってから、建物の陰に身を隠していった。

◆　◆　◆

《採取結果》

30回（補正なし）
30ポイント

判定↓D
エペ草×2を獲得

「っし……！」

「坊主(ぼうず)、上手(うま)くなってきたなぁ！　ガハハハハ！」

コツを掴(つか)んできた。もはやエペ草マスターと呼んでくれてもかまわん。D判定だけど。

採取とは、採取用手袋(てぶくろ)を装備した状態で採取スポットをタッチすると開始するミニゲームである。

《採取を開始します》

採取スポットの周囲の地面、その一部分が白く煌(きら)めく。

「よっ……！」

光った床をタッチすれば、また別の床が光る。

「ほっ……」

いわゆるモグラ叩きの要領である。これを一分間繰(く)り返し、タッチできた回数で――

《採取結果》

31回（補正なし）
31ポイント

判定↓D
エペ草×2を獲得

「はっ……！　はあっ……！　よしっ、またふたつ……！」

やはり経験を積むことで上手になってきている。連続でD判定だ。

これでエペ草は十枚になった。アッシマーはどうかな、とすこし離れた採取スポットを見やると、

「ふぎぎぎぎ……」

苦戦しているようだった。

「足柄山、交代するぞ。無理して難しいライフハーブをとってんじゃねえ。いいか、すべてはエペ草からはじまるんだ」

「なんだか得意げ！　うぅ……でもわたし、ユニークスキルのぶん、藤間くんより有利ですし、がんばらないと……」

「あほ。与えられた力に溺れてんじゃねぇ。いくつ集まったんだ？」

「ふ、ふたつ……です☆」

「はいアウト。お前今日はエペ草だけとってろ。しかも大して可愛くないからその顔二度とするな」

「がびーん！」

あざとい顔って言うのは、可愛いやつがするからあざと可愛くなるんだ。

そういう意味でアッシマーは微妙なラインだった。

……まあもっとも、だからこそ、俺はアッシマーを突き放さなかったんだ……と思う。

《採取を開始します》

自分の性格の悪さがいやになり、疲れた身体に鞭を打ってライフハーブの採取を開始する。

せっかく手に入れた作業台。アッシマーのスキルを利用して、エペ草とライフハーブを薬草に調合して売却する……それが今日の目的だ。十枚集めたエペ草と同じ量のライフハーブを集めなきゃならない。

「よっ、ほっ、ほっ……！」

「ぁ……藤間くんすごい……わたしよりもずっと上手ですっ……」

アッシマーの声に反応する余裕なんてない。

今はただひたすら白い光を探しながら、高速で手を動かすのみ。

「あっれー？　地味子と藤木じゃん」

「ぁ……高木さん……」

俺にはアッシマーが弱々しく呟いた『タカギサン』というのが誰なのかはわからない。

しかしまぁ、アッシマーの反応と、相変わらず俺の苗字を間違えていることから、トップカーストの女子のどっちかだなと、白い光を探しながら推理する。

「藤木、地面でなにやってんの？　キモ。虫みたい。ぷっ、キモ」

悪いかよ。こちとら生きるために必死なんだよ。生き残るためには何にだってなってやるよ。カサカサと虫みてぇに動いてやるよ。あと藤木って誰だよ。こちとらお前らがどう思おうと……

「……き、キモくない、です」

「あ？」

「えっ？」

「えっ……」

「……あ？」

《採取結果》

20回（補正なし）

20ポイント

判定↓E

ライフハーブを獲得

ぎりぎりで成功した報酬を地面に捨ておいたまま、顔を上げた。

そこにはクラスのトップカースト六人がいて、それにただひとり、何の得もありゃしないのに、震えながら立ち向かうひとりの少女がいた。

唖然とする六人。彼らからすれば、決して吠えることのない犬に吠えられた気分だろう。

……でも、一番驚いたのは。

「ふ、ふーん？　ま、地味子と藤木ならお似合いなんじゃねーの？」

どこまでも自分が上じゃないと気に食わないのか、ビッチAは最後に悪態をついて身を翻す。

数人は呆気に取られたまま、それに倣って背を向けた。最後に残ったのは、灯里伶奈。

「あ、その、ごめん、私……」

肩を震わせたままのアッシマー。採取を終え、跪いたままの俺。俺たちふたりが灯里伶奈に向ける目線は、ほかの五人に向ける目線と、なにひとつ変わらない。

「う……」

灯里は端正な顔にきっと戸惑いと躊躇い、そしておそらくは後悔を刻んで、

「伶奈ー！　なにやってんのー？」

「う……」

もういちど狼狽したような声を漏らし、俺たちに頭を下げて去っていった。

へなへなへな、というオノマトペがしっくりくる様子で、アッシマーが座り込む。

「あー……怖かったですぅ……」

「お前……」

それは、どれだけの勇気だったろうか。むき出しの悪意に向き合うのは、どれだけ怖かっただろうか。

陰キャは他人を庇わない。誰かがそんな目にあっていたら、自分の世界を守るために、目を伏せ、顔を伏せ、なんなら腕も伏せて寝たふりをする。

だから虐められているアッシマーも、勝手に陰キャだと思っていた。それは違ったのか。

それとも、無理をしてでも守りたい何かがあったのか。

ここまで言えばじゅうぶんだろう。

アッシマーの声に一番驚いたのは、きっと俺だった。

ほっときゃいいのに。聴こえないふりをすればいいのに。明日、学校で何言われるかわからんぞ。

俺だってあの日奮った自らの勇気を後悔しているくらいなんだ。腰が抜けるくらい緊張し、俺への悪意を庇うように立ちふさがってくれたアッシマーに、俺は……。

「お前……馬鹿だろ」

この期に及んでも素直になれず、毒を吐く。

「たはは……そうかもしれないですぅ……」

「俺なんかほっときゃいいのに」

行き倒れる手前で拾ってもらった恩義からなのか。それとも、あいつらに言っても自分ならば大丈夫というなんらかの確証があったのか。

「ふぇぇ……でもでもこういうとき、誰も助けてくれないの、つらいって知ってますから」

そのどちらでもなかった。

「それは……お前の話だろ。俺も一緒だと思って、勝手に憐れんでんじゃねぇよ」

俺に毒を吐かせるのは、怒りでも苛立ちでもなんでもない。

とまどい、だった。

俺となにかを天秤にかけられて、生まれてはじめて俺の身体が下がったことに対する、とまどい。

どっ、どっ、どっ、どっ……。

なんだ、これ。なんだよこれ。

「えっ、藤間くん、どうしましたかっ？　お胸、苦しいですか？」

大して綺麗でもない、地味な顔が近づいてくる。

「ちょ、やめろ」

言っておく。誓って言っておく。神なんて信じてないから、己に誓って言っておく。

これは、ときめきなんかじゃない。……ただ。

『どうすれば、信じてくれるの？』

灯里伶奈の問い。他人を信じるって、難しい。……でも。

俺は生まれてはじめて、俺以外の誰かを信じてもいい……そう思った。


窓から黄昏が差しこんでいる。

宿の自室。夕焼けが照らす作業台の上を、俺たちは緊張の面持ちで見つめていた。

「じゃ、じゃあ、いきますっ……！」

「お、おう、調合成功率は？」

「70％ですっ……！」

「はいストップちょいまてすこし離れろ」

口で言っても構えを解かないため、アッシマーの背後から脇の下に腕を突っこんで押さえた。

「あっ……藤間くんっ……！　ああっ、やあんっ……！」

「変な声出すなコラ隣に聞こえたらどうすんだあほ」

じたばたと抵抗されたものの、どうにか作業台から離れさせることに成功した。

「な、なんで邪魔(じゃま)するんですかぁ……」

「いや待てや。70％？　63％の俺と大して変わらん、ってどういうことだよ」

「そ、そう言われましてもっ。まだ駆け出しですのでっ」

「いや俺だって未経験だっつの」

「あはっ、わたしも初めてです。おなじですね？」

「なあわざと？　わざとそんな言いかたしてんのかコラ」

　つまらん茶番はさておいて。

　これは予想外だった。調合が得意になる【アトリエ・ド・リュミエール】というユニークスキルを持ってるって言うから、初歩の調合らしい『エペ草×ライフハーブ＝薬草』なんてレシピ、普通(ふつう)に１００％だと思っていた。

「藤間くん、もういいですかっ」

「いや落ちつけ。ええと、5カッパーのエペ草と7カッパーのライフハーブをそのまま売ったら12カッパー。さっき、薬草ひとつが16カッパーで買うって看板が出てたから……」

　75％。ここにある二十ずつのエペ草とライフハーブを消費し、十五個成功すればトントンだ。十六個成功で初めて儲(もう)けになる。

「そのまま売るか。70％じゃ分が悪い」

「ちょーーーーーっと待ってください！　それじゃあわたしがいる意味がなくなっちゃいます！　そ、それじゃ困ります！　も、もしかして、役立たずのわたしのことをあとでひどい目にあわせるつもりでは？　エロ同人みたいに！」

「落ちつけ。大声で下品な言葉を叫ぶのをやめろ。知ってる？　まるでお前が困ってるような言いかたしてるけど、ここで誰かが乱入してきたら悪いの俺になるんだぜ？　現実どころか異世界も終わってるよな。つーかお前最後のひとこと言いたいだけだろコラ」

「調合させてくれないと叫びますっ！　ひどいことといっぱいされたって言います！　藤間くんが右乳首ばっかり執拗に責めてきたって言いますから！」

「勝手に特殊な性癖をつけるんじゃねえ！　恐ろしい女だな！」

泣き顔で低い身長に似合わぬ巨大な胸部装甲を両手で隠すアッシマー。くっそ、マジでビーム〇ーベルで撃墜してやろうか。

……と、ここでノックの音。

「あんたら、仲良しなのは結構だけど、すこしくらい声を……ってあれ？　なにもしてない」

女将だった。どうやら俺たちがそ、そ、そういうことをしていると思い、プレイ中の声が大きいと文句を言いに来たようだった。即座に誤解を解く。

「あっはっはっは！　なんだいそういうことかい。ふーん、で、早速調合ね。嬢ちゃん初めてなんだろ？　パッシブスキルは覚えたのかい？　適性があるんなら、基本のスキルくらいは習得できるだろ？」

「？」

「え、なにその顔。あんたら異世界勇者なんでしょ？」

女将の質問にはきっと、異世界勇者なら、そういうことの下調べくらいしてるでしょ？という意味が大いに含まれている。

もちろん下調べはしてある。しかし、

「まあ……そうですけど。でも俺たち、まだモンスターを倒せないんで」

パッシブスキルというのは、歩行、戦闘、採取、魔法、調合、といった、アルカディアでの行動を有利にしてくれる便利なスキルのことである。

習得には、対応する行動の経験、適性、そしてスキルブックが必要になる。

たとえば採取のスキルなら、まず手先の器用さだったり反射神経などの適性、あるいはユニークスキルによる補正が必要になり、次いで経験が必要になる。この経験というのは、高い適性があれば、実際に採取を行なわなくてもいいらしい。たとえば誰かの採取を見たり、脳内で想像するだけで習得可能になるそうだ。

そして同じく必要になるのが、採取のスキルブック。適性やら経験やらを積んだ状態でこのスキルブックを読むことで、ようやくパッシブスキルの習得となる。

……で、問題なのがこのスキルブックをモンスターがドロップする、という点である。モンスター討伐(とうばつ)時に出現する木箱に入っていることがあるのだが、諸兄(しょけい)もご存知(ぞんじ)の通り、俺はモンスターを討伐したことがない。だからスキルブックなどを持っているはずがないのである。

「そうなんだ。どーりでふたりともLV1なわけだよ」

ちなみにモンスターを倒し、RPGのように経験値を得なければレベルアップはできない。この生活を続けていても、生涯(しょうがい)LV1のままだ。

「なら、ショップで買えばいいじゃないのさ。ま、あんたらは金なさそうだし……」

「え、売ってるんですか?」

「え、売ってるけど」

ええ……?　頼りにならない攻略サイトにはそんなこと書いてなかった気がするんだけど……。掲示板(けいじばん)には、

《スキルブック急募(きゅうぼ)》

【求】☆アイテムボックスLV3　【出】24シルバー50カッパー

みたいな感じで書かれているのは見かけるけど。

でもほら、人対店じゃなくて、人対人の取引ってなんか緊張するじゃん？　俺にできるわけないじゃん？　ほら初対面ってあれじゃん？

「武器や防具や素材屋と違ってスキルブック専門店は珍しいからね。……小さい店でよかったら紹介するけど。あんまり高いレベルのスキルブックは置いてないけど、逆に低レベルは充実してる。なにより店主が世界一可愛い」

最後の情報以外は耳寄りだ。どちらにせよ今の俺たちじゃ低レベルのスキルブックしか読めないだろうし、浅く広いラインナップのほうがありがたい。

「じゃあお願いしてもいいですか？」

「ん。そんじゃついてきな。お金を忘れないようにね。貴重品はちゃーんとストレージに仕舞うんだよ」

宿の女将らしいようならしくないような台詞に押されるようにして、俺たちは宿を出た。

女将の紹介もなにも、スキルブックショップは宿屋の斜め向かいにぽつんと佇んでいた。

しかし外見からはスキルブックショップどころか店にすら見えない。エシュメルデでは庶民の……レンガ造りの住宅まんまだ。違うところは入口がガラス扉になっていて、扉の上部に本のイラストが掲げてあるだけだった。こんなのわかるわけないだろ。

カランカラン。

扉を開くと、まるで喫茶店のような心地よい音色が耳朶を打ち、薄暗い店内を見渡そうとすれば、

「こんばんにゃー♪」

甘ったるいアニメ声……むしろきょうび聞かないあざとい声が俺たちを迎え入れた。

「いらっしゃいにゃせー♪　にゃんにゃん♪」

「うぉ……」

手招きのポージングをする少女を見て、まず脳裏に浮かんだ言葉は〝徹底〟だった。

メイド喫茶の店員はメイドになりきる。しかし若い子はまだ恥ずかしさの残る振舞いだし、なりきったメイドさんはお年を召していたりする。

若くして才あるメイドさんは一目置かれるが、休憩時間中は裏の階段で煙草を吸っていたりする。

……とまあ、俺からすればなりきりは所詮なりきりだし、演技であり偽者だ。当然だ。

本当のメイドさんではないのだから。

しかし、この少女は本物だ。この徹底ぶりは、間違いなくプロだった。

「はにゃ？　どうかしたかにゃ？」

赤毛。猫耳。肉球。猫目。六本の細い髭。『ω』←こんな口。

これで体が毛むくじゃらであれば、完全に獣人だった。

「あ、いや、その」

その徹底ぶりに圧される。いやこっちにもそういう覚悟がいるって。

「あんちゃん、なーにやってんだい。……よっ、ココナ。調子どう？」

俺の背中から女将さんの声がすると、ココナと呼ばれた猫コス少女は目を輝かせ、

「ママーーーー！」

と、客ふたりそっちのけで女将さんへダイブした。

「女将さん、お子さんいらっしゃったんですね……」

「そ。娘のココナ。あたしの母親がケットシーでさ。あたしがハーフ、この子がクォーターなんだけど、隔世遺伝ってやつかねぇ。この子のほうが猫っぽくなっちゃってさ」

よく見れば女将さんも猫耳だった。つーか女将さんまだ二十代だと思ってたわ。とても経産婦には見えない若々しさだ。つーかココナさんって多分、俺たちと同じかすこし下だ

よな。てことは、女将さんはいったい何歳（いくつ）なのだろうか。

「そ、そのっ、お耳、さわってもよろしいでしょうかっ……！」

「いいにゃー♪　にゃふーん、くすぐったいにゃーん」

ココナさんにメロメロのアッシマーの肩を叩（たた）き、本来の用件に戻る。

「スキルブックにゃ？　毎度ありー♪　ちょっと待っててにゃん♪」

ココナさんがぱたぱたと店の奥に駆（か）けてゆくと、

「どうだい？　世界一可愛いだろ？」

女将さんが俺に向かって口角を上げてくる。どうする。どう答える、俺。

「その、可愛いっすね」

「あぁ⁉　あんた可愛いからって娘に手ぇ出したら承知しないよ！」

「なにこれ理不尽（りふじん）すぎる」

いちばん無難な答えを選んだつもりだったのに……。

「世界一！　かわいいよ！」なんて言えるはずもないし「可愛くないです」なんて答えていたら、俺は二時間後、斜め向かいの宿屋で目が覚めていたに違いない。

「はい、ふたりともこのモノリスに手を触れてにゃ」

冷（ひ）や汗（あせ）を垂らす俺の前にココナさんが持ってきたのは、二枚の石板……モノリスだった。

Ａ４ノートほどの大きさの板を手に取って、言われるがまま触れてみる。すると石板に縦長のウィンドウが表示された。表面を指で弾くと上下にスライドもできる。

藤間透　53カッパー

▼――ステータス
ＳＰ　ＬＶ１　30カッパー　技力　ＬＶ１　50カッパー
器用　ＬＶ１　30カッパー
▼――戦闘
逃走　ＬＶ１　30カッパー
▼――魔法
召喚　ＬＶ１　30カッパー
▼――生産
採取　ＬＶ１　30カッパー
▼――行動

歩行　ＬＶ１　30カッパー　走行　ＬＶ１　30カッパー
疾駆（しっく）　ＬＶ１　30カッパー

▼――その他

冷静　ＬＶ１　30カッパー　我慢（がまん）　ＬＶ１　30カッパー

「お店にあるスキルブックのうち、おにーちゃんが習得できるスキルと価格のリストだにゃん」

「へー……便利だな。足柄山はどうだ？」

「わたしも藤間くんのスキル、見ていいですか？」

表面に触れると、触れた者のスキルウィンドウに切り替（か）わってしまうらしく、気をつけて持ちながら互（たが）いにモノリスを交換（こうかん）する。


足柄山沁子（あしがらやましみこ）　０カッパー

▼──ステータス
ＨＰ　ＬＶ１　30カッパー
▼──戦闘
逃走　ＬＶ１　30カッパー　防御（ぼうぎょ）　ＬＶ１　30カッパー
▼──生産
採取　ＬＶ１　30カッパー　調合　ＬＶ１　30カッパー
▼──行動
歩行　ＬＶ１　30カッパー
▼──その他
勇気　ＬＶ１　30カッパー　我慢　ＬＶ１　30カッパー
○幸運　ＬＶ１　１シルバー

「お前これ、本名だったんだな……」

「気にしてるんですから言わないでくださいよぅ！」

苗字の足柄山は仕方なくても、沁子か……。親はどんな気持ちで名付けたのだろうか。

「まあいいんじゃねーの？　キラキラネームとかＤＱＮネームより、よっぽど好感もてるわ」

「……え？　は？　……えっ？」

くっきりした二重の大きな目をぱちくりさせ、俺の言葉を信じられないように口を開けるアッシマー。

「まあそれはいいとして、とりあえず足柄山の【調合ＬＶ１】だな」

小銭袋から大銅貨を三枚取り出し、ココナさんに手渡す。

「毎度ありにゃん♪」

ココナさんがパチンと指を鳴らすと、奥の本棚から一冊の本がふよふよと飛んできて、アッシマーの胸に着地した。

「えっ？　えっ、えっ？　……なんで？」

「指を鳴らすと飛んでくる本……これも魔法っすか？」

「そうだにゃん♪　おねーちゃん、その本を持って〝使用する〟って念じてみてだにゃん」

しかしアッシマーはいろいろと理解できていないようで、本を胸元で抱えたまま、視線をあわあわと彷徨わせる。……こうして見ると、文学少女に見えなくもない。

「いえ、わたしがなんでと言ったのは、本が飛んできたことではなくてですねっ」

なんだか話が一段階遅れていた。

「ちょ、ちょっと待ってくださいね。整理させてくださいっ」

「どこに整理する必要があるんだよ……」

アッシマーは本を抱いたまま、ふむむーと考えこむ。そして小声でぶつぶつと呟いた。

「……キラキラネームやDQNネームより好感が？　沁子という名前に？　……そんなことがあるのでしょうか……」

「一段階じゃなくて二段階ズレだったな。これはもう時差だな」

「全財産53カッパーの藤間くんがどうしてわたしなんかに30カッパーも？　もしかして……ううん、わたしに限ってそんなことは……。……でも……」

「いやお前、流れわかってる？　お前の調合成功率を上げるためにスキルブックを買いに来たんだけど。……もしもーし？」

なんだか自分の世界に入ってしまったようで、アッシマーに俺の声は届かない。

三秒。五秒。……十秒。

そろそろこいつ殴っていいかな、なんて思ったところ、アッシマーは　カッ！　と目を開いて、

「藤間くん、こんな高価なもの、頂けませんっ」

「もう金払ってんだよふざけんなボケ」

俺の習得可能なスキルリストに【我慢LV1】の名前があったのは、間違いなくこいつのせいだ。

「だ、だって、藤間くん絶対わたしのこと滅茶苦茶にするつもりですもん！『さっき調合のスキルブックを買ってやっただろ……？』なんて言って断れなくするつもりですもん！」

「30カッパーで断れなくなるってお前どんだけ安いんだよ！　ふざけんなだいたいお前なんて金貰ってもお断りだ！」

「あっ、あーっ！　言いました！　言いましたね⁉　さっきからずーーーーっとわたしの右乳首だけガン見してくるくせに！　器用に右乳首だけ視姦してくるくせに！」

「してねえよ！　全部お前の妄想だろ⁉　右乳首だけ見るってどうやるんだよ！　だいたいさっきからなんなのその右乳首推し！　右だけ陥没でもしてんの⁉」

「や、やっぱり見たんじゃないですかぁー！　ふ……ふぇ……ふぇぇぇぇーーん……！」

「げぇぇえっ！　マジでしてんのかよ！　しかも右だけ⁉　マジで⁉」

叫ぶ俺。泣きわめくアッシマー。

「にゃっ♪」とココナさんが頬を朱に染めたとき、

「うちの娘の前でどんな話してんだクソども」

女将からふたりにゲンコツが飛んできて、俺たちは気を失った。……これって俺が悪いの？

3　あの勇気に対する仕打ちがこれなら

移り住んだ二人部屋……２０１号室は、ねっとりとした熱気に包まれていた。

すでに日は落ち、マナフライと呼ばれる蛍のような虫がエシュメルデの闇を煌々と照らしている。この部屋の光源は、窓に映るマナフライの灯りと、滔々と暖色に灯る壁掛けのランタンだった。

部屋に躍る、男女のシルエット。

「い、いきますっ……！」

「足柄山、ゆっくりな。落ちついて。もう初めてじゃないが、経験すくないんだから……！」

「わ、わかってますっ……。すーはー、すーはー……」

「ん……あああああっ！」

《調合結果》

エペ草
ライフハーブ

調合成功率　66％
アトリエ・ド・リュミエール↓×1.1
調合LV1↓×1.1
↓
調合成功率　79％
↓
薬草を獲得

「「キッタアアアァァァーーーーーーー！」」

これで十八回目の成功。

【調合ＬＶ１】スキル習得に加え、調合を繰り返すことにより慣れたのか、調合成功率はすこしずつ上昇していた。

　アッシマーとハイタッチをして、喜びを分かち合う。手汗がべっちょり付いてしまったが、そんな不快感よりも、アッシマーが成功したという喜びのほうが遥かに勝っていた。

「よくやった足柄山！　16カッパーの薬草が十八枚！　これで儲けは２シルバー88カッパーだ！」

「すごいっ、すごいですっ！　藤間くんがスキルブックを買ってくれたおかげですっ！」

「薬草にしないでエペ草とライフハーブをそのまま売ったら２シルバー40カッパーだった！　お前がいることで48カッパーも儲けたぞ！」

「うぅ……よかったです……ひぐっ、わたし、ちゃんとお役に立ててー……」

　鼻水を垂らしながらむせび泣くアッシマー。俺はその姿にうんうんと頷き、高揚冷めぬなか利益額を考え……。

　……考えて、首を傾げた。

　調合して儲けた額が48カッパー。アッシマーのスキルブックの購入費用が30カッパー。部屋移動に伴う家賃の増加が10カッパー。

　８カッパーの儲け。

…………はて。

「藤間くん藤間くん、わたし、もう一回シャワーしてきてもいいですかっ。……えへへ、そのう……一週間シャワーしてなかったから、洗っても髪がまだすこし臭っちゃって……えへへ」

俺、昼のシャワー代にもう10カッパー渡してたわ。しかもアッシマーが持ってるタオル、俺が10カッパーで買い与えたやつだわ。

つまり収支は、マイナス12カッパー。

「これで、行ってこい」

「はいっ、……えへへっ、ありがとうです、藤間くんっ」

バタン。

遠ざかり、階段を下りていく足音を聞いて、ベッドに顔面から倒れ伏す。

「痛ってぇ……ベッドがかたいの忘れてた……」

それを忘れるほど、ショックだった。

ぜんっぜん儲けてない。俺、あいつといて、全然儲かってない。

いま10カッパー追い銭したから、マイナス22カッパー。

だってしょうがないじゃん。同居人が臭くて寝られないとかいやじゃん。

「はぁぁぁぁぁ……」

いや、でもよく考えろ。……そうだ、あいつは採取もしていた。

アッシマーが採取で手に入れた素材は、エペ草が八枚、ライフハーブが二枚。

俺が採取で手に入れた素材は、エペ草十二枚、ライフハーブ十八枚。

……ちょっと待て。

儲けの２シルバー88カッパーをふたりで均等に割れば１シルバー44カッパー。

俺が採取したエペ草十二枚とライフハーブ十八枚をそのまま売れば、１シルバー86カッパー。

……あれ？

ふたりぶんの生活費を鑑みると、アッシマーとふたりで採取したものを調合して売るより、俺ひとりで稼いだほうが遥かに良くね？

「ふぇぇ……さっぱりしましたぁー」

俺はどれほどひとりで考え込んでいたのだろう。アッシマーが部屋に戻ってきて、自分のベッドに座った。

「ほえほえ……」

幸せそうな顔をして、もっこもこの髪の毛を拭いている。

目が合った。

「あ、あの……？」

俺が立ち上がると、自らの胸を隠すようにして、身をよじる。

「薬草、売ってくる。今日は16カッパーで売れるが、明日になって15カッパーになったらいやだからな」

俺がそう言うと、ほっとしたように息を吐いて、

「わたしもついて行きましょうか？」

「いや、いい。ついでにシャワーもしてくるわ」

残金13カッパーのうち10カッパーと薬草を持って、宿を出る。

だめじゃん。俺、アッシマーを雇って損してるじゃん。

だって食費も水代も合わせたら、絶対損してる。

シャワー施設で汗を流し、ついでに暗い気持ちも流してしまいたかったが、そっちはどうしようもなかった。


身体を綺麗に拭いてから中央通りへ向かい、薄汚れたアーチをくぐった先の建物に入る。

「えーと、このへん……あった」

取引主：リディア・ミリオレイン・シロガネ
【求】薬草（残88枚）【出】16カッパー

俺が探していたのは人でも店でもなく、箱。
この建物は無人市場と呼ばれる、その名の通り無人の市場。
マーケットボックスという名の箱がずらりと並ぶ異様な建物は、人との関わりを可能な限り避ける俺のような陰キャにとって、おあつらえむきの取引場所だった。
箱の上部に表示されたウィンドウにタッチし、取引開始のボタンを押す。
「薬草、十八枚、っと」
《薬草十八枚を確認しました》
《2シルバー88カッパーを獲得》
《リディア・ミリオレイン・シロガネより
「お取引ありがとうございました」》
《取引が完了しました》
メッセージを最後まで読むまでもなく、腰に提げる小銭袋の重みが取引の成功を教えてくれていた。

　これで全財産は2シルバー90カッパーになった。1シルバー程度だった昨晩と比べると、三倍近くに膨れあがった。

　……しかしこれは、俺とアッシマー、ふたりぶんの財産なのだ。

　そう考えるとひとり1シルバー45カッパー。……あんまり変わってねぇ。

「はぁ……」

　俺のため息は重く、しかしエシュメルデの夜空にあっさりと溶けてゆく。帰り際に見た無人市場にある箱の、

【求】5シルバー50カッパー　【出】コボルトの意思
【求】14シルバー　【出】ジェリーの意思

　召喚モンスターの意思の値段は、俺を落ちこませるのにじゅうぶんだった。

「はぁ……」

「えっ……藤間くん……？」

　とぼとぼと歩く背に不釣り合いなほど涼やかな声がかかった。

　……灯里、伶奈。

「……こんばんは」

「……うす」

美しい。

白いローブ、彼女には少し大きすぎる杖、茶のシャツとスカート、そして茶の靴という地味な格好ながら、絹糸のような長い黒髪と整った顔立ちは、それを地味に見せない。

闇のなか、月を背負う彼女は美しい。——息を呑むほどに。

「その……困りごと？」

「……べつに」

つい見惚れてしまった自分を否定するように、彼女に背を向ける。

「あっ……ま、まって」

「んだよ」

ぺたりと素足の音に、ざっ、という靴を履いた足音が一歩ついてきた。

「こ、困ってることがあったら、教えて……？　その、ごめんね？　祁答院くんが言ってた、モンスターの意思っていうアイテムはまだ手に入れていないんだけど……」

祁答院。——祁答院、悠真。俺にちょくちょく声をかけてくるイケメンAか。

すこし見直した。灯里ではなく、祁答院をだ。

あの会話は「困ってるんだ？　ふーん、まあ頑張ってね」という『陰キャの悩みを聞く俺カッケー』だけじゃなくて、真面目にも仲間内で話題に出していたことに驚いた。

「べつに謝らんでいいっつの。そもそも無茶なこと言ったのは俺だしな。……つーかなんでお前ひとりなんだよ」

すこし苛ついて質問すると、灯里はやけにうれしそうに返してくる。

「女子三人同じ部屋で住んでるんだけど、男子が遊びにきて、その、居づらくなったから、……あはは、抜けてきちゃった」

「居づらく？　お前が？　いっつも一緒にいんのに？」

「うん……だって、男子ってなんだか怖いから」

じゃあなんでいつも男子と一緒にいるのか。むしろなんでいま、男子である俺にひとりで話しかけているのか。

いや、そんなことはどうでもいい。そんなことよりも。

夜の街。……なんでこいつはひとりなんだ。

「お前、もしかして虐められてんのか」

「えっ……そんなことないよ？　どうしてそう思うの？」

「違うんだな？　なら答えはひとつしかねぇだろ」

「藤間くん……？」

俺は歩き出す。宿の方向ではない。灯里怜奈を横切り、彼女の後方へ。

──その、物陰。

「……やあ」

そこには祁答院を含む、五人の男女がいた。身を隠すようにして、俺たちの様子を窺っていたのだ。

「えっ……えっ？　みんな、どうしてここにいるの？」

俺の背で慌てふためく灯里。

「やけに演技上手だな。将来は女優志望か？」

振り向いて見た彼女は、明らかに動揺していた。

「えっ……どういう……？」

俺じゃなきゃ、それが演技だと思いもしなかっただろう。

「告白の次は、話しかけるだけで罰ゲームかよ。高校ってのは陰湿だな。俺、お前らにここまで虐められるようなこと、なにかしたかよ」

「えっ……？　……えっ!?　違う……違うっ…………！　私本当に」

「俺からお前らに迷惑かけたことなんてないだろ？　もし、もしもだぞ？　灯里、俺がお前に見せた、生涯初めての勇気……全身全霊、ありったけの勇気に対する仕打ちがこれなら」

「ふじ……ま、くん、きいて、おねがい……」

あの日。生まれてはじめて、震える足で、冷や汗まみれの身体で、恐怖に歪んだ顔で、自分以外の誰かのために立ちあがった……あの勇気に対する仕打ちがこれなら。

「やっぱり、勇気なんて出すんじゃなかった。陰キャがなにをしても、お前らパリピからしたらゴミクズだもんな」

「ちが、う……。違うっ……！」

「お前らは常に標的を探してる。だからイジメをやめろなんて言ってもどうせ無駄だろ。だから、言ってやる。やるなら相手を選べ。陰キャにも誇り持って陰キャやってる奴もいるんだよ」

演技が盛り上がったのか、灯里伶奈はついに膝をついて泣きはじめた。背後から大きな声がして、

「藤木あんた伶奈泣かせてんじゃねーよ！」

「あ？　じゃあ、お前らはいったい何人泣かせてきたんだよ。格下の涙は数に入らないか？」

アッシマーのときと同じく、吠え返されると口ごもるビッチA。

こいつらはそうやって、吠え返されないのをいいことに、こんなことを続けてきたのだ。

だけど、俺は吠える。陰キャだから吠えない？

……馬鹿野郎、陰キャが脳内でどれだけお前らみたいな奴らに吠えてきたと思ってんだ。

「だいたい藤木って誰だよ。名前間違い続けてマウント取ってんじゃねえよクソゲロビッチ」

言い捨てて背を向ける。クソゲロビッチも、ビッチBも、イケメンABCも、なにも言い返してこない。

「まって……おねがい、ふじまくん…………」

ただ、灯里伶奈の演技だけが痛々しかった。

「虐めるのには慣れてるが、悪意を向けられるのには慣れてないってか？　言っとくがお前らみたいなやつ、陰キャの脳内では何度も殺されてるからな。闘いの果てに死ぬんじゃない。お前らが愉しそーーーーーに殺したモンスターみたいに、無惨に、冷酷に、残虐に、笑いながらな」

わかってる。さすがに言いすぎだと。

それでも、他人の痛みがわからないやつらの心を斟酌してやる必要なんてないと思った。

「二度と話しかけんなパリピ。陰キャはお前らに迷惑かけねぇ。ならパリピも陰キャに迷惑かけんなよバーーーカ」

唾の代わりに言葉を吐き捨てて、今度こそその場をあとにした。

もう誰も口を挟まなかった。

後に残ったのは灯里伶奈の泣きじゃくる声と、言いすぎた自覚はあるのにまだまだ言い足りなかったという怒り、そして理解不能な胸の痛みだけだった。


ヘドロのようにこびりつく嫌悪の情を貼りつけたまま宿に帰ると、ステータスモノリスの前でアッシマーが鼻歌を歌っていた。

「ふんふんふん♪　ふん……え、ええーっ⁉　藤間くん、なにかあったんですか……?」

心配そうに覗きこんでくる、大きな目。人の気も知らないで、と八つ当たりするほどの気力もなく、かたいベッドに身体を横たえた。

「ふ、藤間くん?」

「あー、悪ぃ。小銭袋、作業台に置いとくから。半分持ってけ」

ベッドの上から腰にさげたものを放り投げると、作業台には届かなかったのか、思ったよりも下のほうでじゃりっと乱暴な音が鳴った。

「もー、だめですよ、お金を投げちゃ……」

アッシマーに背を向け、あらゆる苦情、会話、接触を受けつけない姿勢を示すと、ありがたいことに彼女はもうなにも言ってこなかった。

「電気、消しますね」

「……ありがとうな、足柄山」

俺はよほど弱っていたのか、消え入りそうな、しかし確実に自分の声が自身の耳を打った。

ランタンの火が消えると、まぶた越しの世界が真っ暗になった。なにも訊かないでくれたことに対する柄にもない俺の言葉は届かなかったのか、ごそごそとした音がして、アッシマーが自分のベッドに手探りで戻ったのだとわかった。

◆　◆　◆

朝である。

布団の中で「あ、今日学校じゃん、やったね！」なんて思うやつは教師を含めて果たしてこの世に何人いるだろうか。

俺は行きたくない。とくに今日は学校に行きたくない日ベスト3には入るだろう。なに言ってんだ俺。運動会とか修学旅行とかぶっちぎりで抜いて今日がトップじゃねえか。

昨晩アルカディアであれだけかましておいて、どんな報復が待っているか……考えるだけで二度寝(にどね)したくなる。

サボっちまうか。サボったら不登校コースまっしぐらだな。

べつにそれでもいいか。親は俺になんにも期待しちゃいないだろうし、将来の就職活動とか社会人になって味わう苦労とか考えると、もうなんか普通(ふつう)に大人になりたくないよね。

でも、俺は知っている。イジメの標的がいなくなっても、イジメはなくならないことを。

そうだ。昨日俺が自分で言ったじゃないか。ああいうのは常に標的を探してる。俺がいなくなれば、次の標的に移るだけ。まあそうなったところで、その標的が誰になったところで、俺にはなんの関係もないんだが——

『……き、キモくない、です』

……。

…………。

………………くそっ。

「……あ」

通学路で灯里伶奈にまた出くわした。

「……お、ぉはょぅ……」

こいつ日に日におどおどしていくな。まあ今日に限って言えば、原因は俺だけど。

つーか話しかけんなって言ったのに、なんで挨拶してくるわけ？　学習しないの？　日本語入力ソフトだってもうすこし学習するよ？

相変わらず。

相変わらず、ついてくる。そりゃそうだ。同じ学校だもんな。同じ道だよな。

のそ、のそ、ぴたっ。とぼ……とぼ……ぴくっ。

でもこれ、マジでついてきてるよな。

「この人ストーカーです！」

……なんて叫べるわけもない。陰キャの俺にそんなことができるはずもない。

それに知ってる？　この場で俺が叫んでも、捕まるのはパリピで顔もいい灯里じゃなくて、陰キャの俺なんだぜ？　世の中どうなってんだよ。

「伶奈、おはよ」

「ぁ……亜沙美ちゃん。……おはよう」

背中で声が聞こえた。この声はたしか、昨日ビッチAからクソゲロビッチに進化した、俺を藤木と呼んでいた女だ。

「……どうだった？」

「……」

昨日の朝とは違い、小声。

しかし、だからこそ、俺についてのことだろうと推察できた。

はぁ。こんなの悪口に決まってる。聞こえても気分が悪くなるだけだから、すこし早足にしようと思った瞬間、背中をぼすっとたぶんカバンで叩かれた。

「……なにすんだよ」

振り向くと、怒った顔のクソゲロビッチが目に不満を湛えながら俺を睨んでいる。

「話しかけんなって言ったから、カバンで叩いた。文句ある？」

「はぁ……？」

喧嘩売ってんのかこいつ。

「あんたさー、ちょっと話くらい聞きなって。昨日のアレ、ホントに悪気はなかったんだって」

昨日のアレと聞いて、エシュメルデの月の下、灯里伶奈が罰ゲームによって俺に話しかけてきた——あの夜以外に思い当たることはない。

「悪気がなかった？　……あれが悪気なしなら、余計タチ悪いわ」

「……は？　いやあんた、すこしくらい話聞けって。ほらストップストップ」

ビッチは両手で俺のカバンを掴み、学校へ向かう足を強引に止めてくる。

……なんだよ面倒くせえ。

「あんさー。マジ偶然だったんだって。六人でだべってたら、伶奈が外の空気を吸ってくるって言ってさー。そんで三十分くらいしても帰ってこないから、心配になってみんなで様子を見に行ったんだって。そしたらあんたとふたりで喋ってるし、べつに悪い雰囲気でもなかったからウォッチしてたらあんたに見つかっただけなんだって」

「ざけんな」

「……は？　あたしが説明してんのに、あんた今、ざけんなっつった？」

ビッチの目が据わった。

三十分くらいしても帰ってこないから……？　そんなことありえない。俺なら、絶対にありえない。

だから、再燃する。昨日燃やしたはずの怒りが。

「お前の言葉が真実なら、余計にタチが悪いだろ」

「は……はぁ？　どーいう意味？」

ビッチは俺に詰め寄りながら、声を荒らげる。普通の陰キャならこれでビビって口ごもるところだろうが、残念だったな。俺は吠え返す陰キャなんだよ。

「エシュメルデの治安が悪いの知ってるんだろ？　俺と灯里が出会ったとき、午後九時は過ぎていた。お前ら五人は、そんな時間にひとりで外へ行った友人の灯里を三十分も放置していたことになるな」

「それがどう……あっ……！」

だから、炎上する。昨日燃やし尽くせず、胸の裡に燻り続けた火種が。

クソゲロビッチは今になってようやく気づいたのか、しまったという顔で灯里を振り返る。その反応を見て、目の前のギャルギャルした金髪ビッチもあの事を知っていたのだと確信した。

「お前らなんなの？　友達がどうなってもいいの？　つーか灯里、お前なんなの、マジなの？　夜にひとりで外出ってどういうつもりだよふざけんなよマジで」

俺は知っている。だって、俺が助けたから。

だからこそ、許せないのだ。

屈強な冒険者がうろうろするあの街で、若くて綺麗な女がひとりで外に出るとか、なにされても文句言えねえだろうが。

……実際灯里は一度、現実で怖い目にあっているのだから。

灯里がまた襲われ、被害者になってしまえば、あの日の勇気は――あの日の俺はとんだピエロだ。

だからこそ俺は、こいつらの罰ゲームを見破った。一度襲われた灯里伶奈が、まさかひとりで夜の街をぶらつくとは思えない。

だからひとりではありえない。ひとりだと答えた灯里伶奈は嘘をついている。

なら近くに誰かがいるに決まってる。……ほーら、やっぱりな。ってところだ。

「お前らの話が本当なら、灯里をひとりで外に出しておいて、探し始めるのは手遅れかもしれない三十分後。探すメンバーは五人。自分たちは襲われる必要のない安心設定だ」

「ふ、藤間くん……？　も、もしかして昨日、私に『虐められてるんじゃないか』って訊いてくれたのは……」

「治安の悪い夜の街に女ひとりで出歩くことを止めない……ましてや灯里を止めないなんて、もはやイジメだろ。灯里も灯里だ。なに考えてんだよふざけんなマジで」

だからこそ発覚したんだけどな。お前らの罰ゲームを。

ビッチの顔は狼狽、灯里の顔は唖然だった。

「ごめん、伶奈……あたしら、あんたのことマジでなにも考えてなかった……マジごめん」

「ううん、私が悪いの……。男子が怖くて逃げちゃったから……」

そんな声に背を向けて歩き出す。

吐き捨てておいてなお、俺の心は晴れない。春の青空がただただ無神経に俺を見下ろしていた。


あいつらはある意味すごいと思う。俺があいつらなら、まず俺に話しかけない。

いやわかってるよ？　俺ごときが吼え狂ったところで、あいつらパリピには蚊の鳴くようにしか響かないって。それってモスキート音？　聞こえてないってことはあいつら老化してんのかよ。

朝の邂逅での言葉はクソゲロビッチと灯里伶奈には響いていたみたいだったんだよ。少なくとも俺の目には。パリピが陰キャに説教なんざされて、怒髪天を衝いてるはずなんだ。性格上、灯里はともかくとして、クソゲロビッチなんてあの金髪をスーパーサイ○人みたいに逆立てて、そりゃもう激おこぷんぷんで「これはヤ○チャのぶん！」とか言ってるはずなんだよ。なにそれ弱そう。逆にやられそう。

で、だ。

男子のうち、イケメンAこと祁答院悠真ってキラキラしたやつは、

「昨日は本当にごめん。でも本当に伶奈に悪気はないんだ。それだけは信じてほしい」

そう言って頭を下げてきた。イケメンBとCは俺への怒りが抑えられないのか、睨んできた。やだこわーい。……なんて反応返すと思ったか。

「祁答院、お前に謝る気があるなら後ろのふたりはなんだよ。どうせお前ら、三人がかりで威圧かけてマウント取るつもりだったんだろ？　数の暴力っての？　ほんと好きだよな、お前らそういうの」

俺の言葉にイケメンBとCは猿のように顔を赤くする。彼らよりも前に出た祁答院はそんな彼らの顔も知らず、振り返る。

「あ……ごめん。慎也、直人。ちょっと落ちつけよ。悪いのは俺たちだっただろ？」

「…………でもよ悠真、悪いのってホントに俺らなん？」

「なんで俺らが謝らなきゃなんねーの？」

ほんと、なんのために声をかけてきたんだよおまえら。コンセンサスくらい得てから来いっつの。

「反省ひとり、喧嘩腰ふたり。喧嘩腰ひとりが残る簡単な引き算だな、祁答院。それなのにわざわざ三人で来たってことは、やっぱり数でマウント取るつもりじゃねぇか。俺は迷惑かけないっつってんだから、絡んでくんなよ。言っとくが俺、金持ってないぞ？」

「てめぇっ……！」

「よせよ。なんで直人が怒るんだ。……はは、藤間くんごめん、出直すよ」

祁答院はふたりをなだめながら、トップカーストの指定席……クラスの後ろへと戻っていった。いや、出直さなくてもいいのでもう絡んでこないでください。

そして彼らはいつもの六人で群れ、クラス後方に陣取って休み時間を過ごす。彼らはそういう生きものだ。

……ちなみにいまのやり取り、教室内のことである。衆目のなか、堂々と喧嘩売ってくるパリピこえぇ。


キーンコーン。

それが授業終了を知らせるチャイムの音だったなら、どれだけよかったことだろう。

この音は一日の授業でだいたい一回ほどなる『ＲＡＩＮ』という会話ツールの着信音だ。

この音が鳴ると、どの教師も決まってこう言う。

「授業中はマナーモードにしておけー」

そりゃそうだ。こんなのは授業の邪魔でしかない。パリピ連中はそんなこともわからない――

キーンコーン。

また鳴った。近いぞ。

教師の視線がこちらを向き、周りの生徒がキョロキョロし、自分の端末を確認する。

……俺？　あほ。陰キャにＲＡＩＮ通知なんて来るわけが——

キーンコーン。

……。

自分のポケットに入っていた携帯端末ギアを確認する。

ＲＡＩＮ通知：３件

え、お、俺？

こそこそと内容を見てみると……。

足柄山沁子：
藤間くん、なにかあったんですかっ？
昨晩から顔暗いし、祁答院くんに声をかけられていましたけど……。

足柄山沁子：
藤間くん、なんで音消してないんですかぁぁ⁉

足柄山沁子：
はわわわわ

アッシマーがあぁっ‼

アッシマーが俺の連絡先を知っているのには理由がある。

まず、RAIN通知の来たこのどうみてもスマホにしか見えない端末は〝ギア〟という。

ギアとはアルカディアに参加する人間に国から支給される魔導具である。

魔導具とはなんぞや？　ってのは今は置いといて、俺たちはこのギアを学校から受け取った、ってことが言いたかったんだ。

学校からの連絡も、このギアを介して配信、あるいは送信される。

それに伴い、連絡が取りやすいよう、クラス全員のギアにはそれぞれの連絡先があらかじめ入力されている。だからアッシマーが俺の連絡先を知っているというのは当然なのだ。

……当然なのだが、授業中に連絡を入れてくるなんてのは当然じゃない。

そもそも俺のギアに連絡が入ったことなんて一度もない。だから音なんて消したことがない。俺のギアから音が鳴るときは、ゲームをしているときか、音楽を聴いているときだけなのだから。

わたわたと設定をタップし、音量を全てゼロにして窓際の席を見やると、恐る恐るこちらを窺っていたアッシマーが、不自然なくらい勢いよく窓に顔を逃がした。

あんにゃろう……。

一通目はまだいい。授業中にＲＡＩＮを送るというその神経を疑うが、パリピが陰キャに頭を下げ、結局揉めるという光景に興味が湧いたのは頷ける。

二通目。なんで音消してないんですか。

バカなの？　そう送ることで、もう一度音が鳴ることに気がつかなかったの？

三通目。はわわわわ。

気がつかなかったんだな、アッシマー。はわわわわ。バカだな、アッシマー。ははははは。ははははは。

最小化していたＲＡＩＮアプリを開く。

藤間透：
授業中にＲＡＩＮ送ってくるとかバカなの？　しぬの？
音消すとか消さないとかこっちの勝手だろあほ。

怒りを込めた右手親指で送信。

キーンコーン。

「はわわわわ」

お前も音消してねぇじゃねえかアホンダラ！　嘘だろ⁉　しかも「はわわわわ」っつった⁉　このタイミングで声あげちゃったら、クラスの誰から見ても俺とアッシマーがＲＡＩＮのやり取りしたってバレちゃうだろ⁉

先生が苦笑する。クラスから笑い声が聞こえた。

「藤間と地味子？　やばくね？」みたいな声も聞こえた。俺は恥ずかしさで真っ赤だ。

窓際、睨むように見たアッシマーの前の席にいた灯里伶奈が振り返り、俺とアッシマーを交互に見やり、口を開けていた。

◆　◆　◆

「もー、授業中にＲＡＩＮ送ってくるとか、どういう神経してるんですかぁ……」

「んあー……」

アルカディアで目覚め一発、耳に入った音はこれである。

「んあー……しょーがねー……だろ……。音、消してあると思ってたんだ……」

自慢じゃないが俺は寝起きが悪い。脳は覚醒していないし、自分でも驚くくらいしょぼしょぼした声でどうにか応える。……が。

「音消すとか消さないとか、わたしの勝手じゃないですかー！　もー！」

「お前すげえわ。十五年背負った罪深い寝起きの悪さも吹き飛んだわ。お前の頭にブーメラン刺さりまくってんの気づいてる？」

怒りは一周すれば喜劇になるという。アッシマーの俺に対する理不尽はもはや理解不能で、俺は大して怒ることもなく、それは呆れに転じた。

ついでに眠気も覚めた。眠気も覚めるほど理不尽だった。

「それで、なにがあったんですか？」

覚醒した俺に向けられたアッシマーの質問は、たったいま思い立ったような問いではないことを俺は知っている。

そりゃそうだ。ＲＡＩＮで問われ、しかし有耶無耶になったまま現実の一日を終えたのだから。

しかしアッシマーの大きな目は、それだけではないと言っている。

……曰く、アルカディアでの昨晩から訊きたくてしょうがなかったと。

「……べつに、なんもねえよ」

「そうですか、わかりましたっ」

わかっちゃうのかよ！

いや普通もうすこし踏みこんでこない？　なにもないって顔してないですよ？　とか、そんなことないですよね？　とかさ！

「でも話したくなったら、いつでも言ってくださいね？」

……。

言葉の裏を意地悪く見抜いて、潜む悪意を性格悪く暴いてきた俺だ。

だから藤間透は、アッシマーの言葉の裏を読む。

本当はわたしが知りたいんじゃなくて、あなたが言って楽になりたいんでしょ？　という裏側を。

今までずっとそうしてきた。

……だけど。

『……キモくない、です』

昨晩俺に礼を言わせたアッシマーの背中が、さらにその裏を俺に読ませる。

話せないなら仕方ないですけど、どうしてもしんどくなる前に教えてくださいね、と。

俺がそれにどうこう返す前に、アッシマーは自分のベッド脇にある金庫……ストレージボックスから袋を取り出すと、俺に手渡してきた。

「ダメですよ、お金を出しっぱなしで寝ちゃったら。危ないですから」

それは昨日、半分持っていけと俺が放り投げた小銭袋。

「……おい。2シルバー90カッパー入ったままなんだけど。半分持ってけっつったよな」

昨日の稼ぎ2シルバー88カッパーと、それ以前の全財産2カッパー。その全てが退屈そうに入ったまま、鈍色に光っている。

「それなんですけど、わたしたちってどうせ一日じゅう一緒にいることになるじゃないですか。それならとくに分配する必要なんてないんじゃないかって思いましてっ」

「……？　意味がわからん。お前だって欲しいもんとかあるんだろ？」

「？　たくさんありますよ？」

「なら持ってけよ。生活費っつーか、食費とかシャワーの金は自分で払えよ。あとは宿代として10カッパーを……」

「藤間くんがそのほうが気楽でしたらそうしますけど……わたし、要らないですよ？」

「要らない？　どういうことなんだよ」

「だってすくなくとも一週間はわたし、藤間くんのものですし。お金は藤間くんが管理して、わたしは働いたぶんお給料として衣食住を提供していただけるものと思っていたんですけど」

　なにそれ初耳。たしかに『一週間雇ってやる』とは言ったが、そんなブラックな雇用形式だとは思ってなかった。これじゃまるで……。

「それに異世界奴隷ファンタジーって最近人気じゃないですかぁ。わたしも憧れてたんですよね……。……はう」

「うっわ自分で奴隷って言っちゃったよ。あと世間一般に憧れるのはご主人さまの立場で、奴隷のほうじゃないからね？」

「あっ、でもでも、えっちなのはダメですよ？　わたしも一応、初めては好きになった人とちゅーしながら、ってハンチャン薄い希望がありますのでっ」

「俺の話を聞いちゃいねえし、いまのセリフも特に聞きたくなかった。……ちなみにハンチャンってなんだ？」

　言葉の前後を考え直しても、ラーメンと半チャーハンセットじゃないだろう。

「ワンチャンスの半分ですっ」

「うっわ思ったより哀しかった。やっぱり聞きたくなかったわ」

　そんな望みをワンチャンとも言えないアッシマーが哀しかった。哀・戦士だった。

「そもそも、調合はいまいち、採取もいまいちないまのわたしに、半分も貰える権利があるわけないじゃないですかぁ……」

　それは昨晩、アッシマーがシャワーへ行っているときの、俺の懊悩。

「そんなわたしに藤間くんは宿代とご飯代、あとシャワーとタオル、さらには調合のスキルブックまで買ってくれましたし……」

　他人に勇気を奮っても、無駄。

他人に優しくしたって、無駄。

アッシマーがこんなことを考えていたのだと知り、心が冷えきったゆえの思考――アッシマーと一緒にいたら損をする――そういうふうに感じた昨日の俺を、なんと悩ませることか。

アッシマーが普通の女子なら、昨日追い出していた。

俺が昨晩灯里伶奈たちと出会い、心が弱っていなければ、あるいはどういうふうに追い出すかを考えていたかもしれない。

「……まあ、そういうことなら金は預かっておく。宿代、飯代、水代、シャワー代、あとは洗濯とか必要な経費でふたり合わせてだいたい2シルバーだ。なら残りの90カッパーはスキルブックや装備にあてる。自転車操業だが、今は仕方ねぇ。朝飯を食ってから採取だ。……行くぞ」

「はいっ」

生活費を金庫に仕舞って宿を出た。

カランカラン……。

「はにゃ？　にゃはは、おにーちゃん、おねーちゃん、いらっしゃいませにゃーん♪」

「……ども」

「おはようございます、ココナさんっ」

無愛想に返す俺と、早速ココナさんの猫耳を撫でにいくアッシマー。

「くすぐったいにゃーん♪　でもどうしたのにゃ？　ずいぶん早い時間にゃけど」

「採取に行く前に、スキルを買っておこうと思って」

「おっ、毎度ありにゃん♪　ちょっと待っててにゃーん」

奥のほうからパタパタと持ってきたモノリスに手をかざす。

「足柄山、なにやってんだ、お前も来いっつの」

「えっ……でもわたし、昨日も買ってもらっちゃいましたので」

遠慮するアッシマーを「いいから」と手招くと、彼女は渋々と手を伸ばした。

「ココナさん。俺たちはいまからふたりでエペ草とライフハーブを採取して、それを足柄山が薬草に調合して売るつもりなんだ。オススメのスキルブックはあるか？」

ずらりと並ぶスキル群。【採取ＬＶ１】スキルは習得したほうが良さそうだが、ぶっちゃけ俺らはド素人だ。専門家の意見がほしかった。

「じゃあちょっと失礼して、スキルを見せてもらうにゃ」

ココナさんの顔はにゃんにゃんと可愛らしい目から一転、真剣なものになる。おお、さすがプロ。

「予算はここに書いてある1シルバー10カッパーだけかにゃ？」

「すまん、そのうちの20カッパーは朝飯に使う。90カッパーだ」

「ふむむ……じゃあおにーちゃんは【器用LV1】と【採取LV1】、おねーちゃんは【採取LV1】だにゃ。次点でおねーちゃんの【調合LV2】だにゃ。採取はSPをたくさん使うから【SPLV1】も捨てがたいにゃ」

「やっぱりそんなもんか。……ってアッシマー、お前もう【調合LV2】が習得できるようになったのか？　昨日LV1を習得したばっかりだったよな？」

「はいぃ……昨日たくさん調合しましたから、そのせいだと思います……」

喜ばしいことなのに、アッシマーの顔は暗い。……ああなるほど、アッシマーのモノリスを覗くと、そこには、

【調合LV2】　60カッパー
そう書かれていたのだ。

LV1のスキルブックは大抵30カッパーなんだが、その倍額。

「スキルブックはLVが1上がるごとに値段は倍々ゲームが原則だにゃん。だからLV3は1シルバー20カッパー、LV4は2シルバー40カッパーだにゃん。……言っておくけど、

ほかのお店はもっと高いにゃよ？」

やっべぇ、金がいくらあっても足りない。

俺の目標は、たまに売りに出されるモンスター……いちばん安価の『コボルトの意思』を購入することだ。

マーケットボックスや現実でギアを操作して検索するかぎり、その相場は６シルバー～８シルバー。昨日奇跡的に５シルバーちょいってのがあったけど、あんなのは稀だ。

だからふたりぶんの生活費とは別に、６シルバーを貯めなければならない。

「ふたりとも、戦闘は？」

「からっきしだ」

「じゃあ【逃走ＬＶ１】もふたりぶん、優先的に買っておいたほうがいいにゃ」

だというのに、６シルバーという大金に至るまで、自傷するように身銭を切らなければならない。困ったものだ。

《採取結果》

29回
採取LV1→×1.1
←
31ポイント

判定→D
エペ草×2を獲得

――


「おお……」

スキルとは偉大である。

ノースキルだった俺はふたつのパッシブスキルを習得し、それを実感した。

採取で得られる素材は、地面をタッチできた回数にかかるスキル補正で算出されるポイントで決定する。

20回未満ならX判定……報酬ゼロ。

20回～29回ならE判定……エペ草一枚。

30回～おそらく39回ならD判定……エペ草二枚だ。

見ての通り、いまの採取結果はタッチ回数が29回だったから、E判定でエペ草一枚の報酬だったはずなのに、スキル【採取LV1】のおかげでD判定に繰り上がって、エペ草を二枚獲得できた。

また【器用LV1】のおかげで、採取作業が楽になった気がする。

昨日までは一分間の採取をがむしゃらに行なっていたため、たった一分の採取が終われば肩で息をする有様で、それだけで草原の上に大の字になることもあった。

しかし、昨日と同じほどの作業が終わっても疲れていない。昨日以上の成果があるのに、ヘトヘトになっていない。もちろん一週間ずっと採取ぐらしをしてきた経験も関係しているだろうが、効果を体感できるほどスキルとは偉大なものだと実感した。

だから毎回インターバルを置く必要がなく、採取回数も飛躍的に増えていた。

「藤間くーん、はぁ、はぁ……すこし休まなくて大丈夫なんですかぁ？」

「もう一回やってからな。お前は無理すんな。自分のペースでいいからな」

心にも幾分かの余裕ができ、声をかけてからもう一度白い煌めきに視線を落とす。

《採取結果》

36回
採取LV1↓×1.1
←
39ポイント

判定↓D
エペ草×2を獲得

「あっ、くそっ……！　はぁ、はぁ……！」

休憩前だからと、余力を使い切るつもりで全力を出した。しかし結果は変わらずD判定。

「くっそ、繰り上げでも四捨五入でもなく、切り捨てかよ……！　はぁ、はぁ……！」

36回を1.1倍したら39.6。40ポイントになってくれてもいいだろ？

「くそっ、無駄に疲れた……」

「お疲れさまですぅ……。藤間くん凄い汗……。わ、もう革袋いっぱいになっちゃったんですかぁ……？」

アッシマーが手を団扇のようにして扇いでくれるが、どう考えても焼け石に水である。

「がぁ……いいって、そんなんしなくて。……恥ずいだろ」

「でも、汗凄いですし……」

「あとでシャワーするからいいっつの……」

いやもう本当に恥ずかしいからやめて？

ティニールのオッサンとか「おやおや」って感じでこっちを見て笑みを浮かべてるから。

ガチでいやがる俺にアッシマーは諦めたのか、立ち上がって握りこぶしをつくる。

「藤間くん、見ててくださいっ。藤間くんが休憩しているあいだ、わたしがライフハーブで袋をいっぱいにしてみせますからっ」

どべべべー！　と、どんくさく、そして胸部を盛大に揺らしながらライフハーブの採取スポットに駆けてゆくアッシマー。オッサンたちの目が釘付けになり、俺はなんとも言えない気持ちになった。そこへ――

「うわやべ、藤間いる」

「あいつ女に働かせて休憩してねぇ？」

……不意に耳を打つその声に、振り返る気すら起きなかった。

俺の苛立ちは、振り返ることもなく声の主を特定する。

トップカースト、イケメンBとC。

声が俺の耳に入っているなんて、露ほども思っていないのだろう。ああいうやつらは大概、俺たちのことを肉袋かなにかだと勘違いしている。曰く、なにも聞こえない、なにも感じない、人の形をした袋だと。

「つーかあれ、地味子じゃね？」

「あ、地味子か。ならいいわー。ほかの女子だったら藤間殴ってたわー」

ぎゃははと笑いながら遠ざかってゆく声。

怒りは一周すると喜劇になるという。

「……ククッ……ハハハハッ……」

自らの喉の奥底から、煮えたぎるような笑い声。

俺にはまだわからなかった。

俺以外の他人を貶められて、どうして笑いに変わるほどの怒りを覚えたのかを。

《調合結果》

エペ草
ライフハーブ

調合成功率　67％
アトリエ・ド・リュミエール↓×1.1
調合LV1↓×1.1
←
調合成功率　81％
←
薬草を獲得

「よーし、よくやった足柄山」

すこし慣れてきたのか、昨日よりスキル補正込みで調合成功率がさらに2％上昇していた。開始から四連続成功を決めたアッシマーは俺の言葉にはにかみながら頭を掻いて、

「えへへぇ……。よーし、この調子で残り全部もやるですよーっ」

「やるですよーっ、じゃあねえよ。やんねえの」

革袋から素材を取り出すアッシマーの手を遮ると、大きな目が「どうして？」と俺に問うていた。

「この四つを売りゃ64カッパーだろ。その金でお前に【調合ＬＶ２】を買ってから続きをやったほうが効率いいだろうが」

「ほぇ……藤間くんは頭が良いですねぇ……。……ってだめ！　だめですよぅ！　わたし藤間くんに買ってもらってばっかりじゃないですかぁ！」

「あほ。そのほうが効率良いからそうしてるだけだっつの」

金庫から小銭袋を取り出して、生活費から大銅貨六枚……60カッパーを抜いて「行くぞ」と声をかける。

「えっ、その、いま完成した薬草は置いていくんですか？　どうせ生活費から出すのなら、調合前にスキルブックを買ったほうが良かったんじゃないんですか？」

「あのなぁ。これはあくまで生活費だろ。もしスキルブックを買ったはいいけどこの先全

部失敗したらどうすんだよ。万が一、門付近にモンスターがいたら採取もできないんだぞ」

だから薬草四つが完成した時点で、これらは64カッパーという生活費に変わった。それならば四つを売るためだけにわざわざ市場へ足を向けなくとも良い。64カッパーが生活費に加わったぶん、それを担保にして、生活費から60カッパーを引き出せば良いだけなのだ。

「藤間くんって……なんだか、しっかりしてるんですねぇ……」

「してねえよ。いちいち市場に行くのが面倒くさいだけだっつの」

嘘はついていない。

ただまぁ、中央通り付近を何回もぶらぶらして、クラスの連中に出くわすのを避けたいっていうのがいちばん大きな理由なんだが。

「こんにちにゃー♪」

「こんにちにゃんにゃん☆」

宿屋の向かいにあるドアを潜ると、本の匂いと小気味良い鈴の音が迎え入れてくれた。

しかしまだココナの挨拶には慣れないし、アッシマーの照れがありつつもノリノリな声には馴染めそうにもない。

「お前あざといのやめろ」

「い、いいじゃないですかべつにっ。誰にも迷惑をかけていないわけですしっ」

俺が多少いらっとくるわけだが、それは迷惑には入らないのだろうか。

……まぁいいか。

「【調合LV2】を買いにきた」

「ほいほいにゃん♪　どーぞだにゃん♪」

「ありがとうだにゃんにゃん☆」

「いやお前やっぱりマジでやめろ」

「がびーん！」

《調合結果》

エペ草
ライフハーブ

調合成功率　68％
アトリエ・ド・リュミエール↓×1.1

調合ＬＶ２→×1.2
←調合成功率　89％
←薬草を獲得

――――


「ふぇぇー……終わりましたぁー……」

「おつかれさん。ほい水」

「ありがとうございますぅぅ……」

最初の四つを含め、十五回中十四回成功。昨日に引き続き、期待値よりも良い結果だ。

「んじゃ売ってくるから」

「ぁ……わたしも……」

「……来られるなら来ればいいけど、休んでなくていいのか？」

採取と同じく、調合にもＳＰを消費する。

それどころかＭＰも使うらしく、アッシマーは立ちくらみのようにふらふらと、それでいて目まで回っているような感じだった。

「無理すんな。お前のペースでいいんだぞ」

「はにゃ……」

「だがあざといのはやめろ」

――というわけでソロ活動。

ちょうど昼どきだからか、中央通りに人はいても、無人市場はガラガラだった。

「えーと……」

昨日と箱の位置が変わっていなければ、薬草を買ってくれる箱は右列の奥のほうのはずなんだけど……。

「……」

その前には、人がいた。

身長は俺より同じかすこし高い１７０センチくらいの、膝裏まで届くほどの長い髪。

息を呑んだ。その長い髪は白銀で、とても美しかったから。

多分女だが、この世界では男の長髪も多く、背中も見えないほどの髪量のせいで後ろ姿では男女の区別がつかない。

だが、間違いない。女なら美女。男なら美男子だ。

彼、あるいは彼女が振り返ったことで、その真偽は明らかになる。

……しかし、俺の予想は裏切られた。

振り返ったのは間違いなく女。細い腰、しかし勢いよく突き出した胸がそう言っている。

しかしなによりも、俺の視界、そのすべてを奪うほどの美しさは、俺の美女像を裏切るほどだったのだ。

4　アイスブルーを持つ白銀

歳は二十歳前後といったところだろうか。高い鼻、潤いのある唇。大きなアイスブルーの瞳は、俺のありとあらゆる美女像を裏切るほど美しかった。

「なに」

俺にかけられた、透き通るような声。裏切るほど、澄み切った綺麗な声。

「その箱、俺も用事があるんすけど」

しかし、こんなことでキョドらない。これまで尽くモテなかった俺は、期待しないからだ。

相手が美しければ美しいほど、自分とは程遠い存在。俺から見てどうかというよりも、相手の価値観から見て、さぞかし綺麗なものを愛でてきたであろうアイスブルー越しに見える俺は路傍の石ころに過ぎないに決まっている。

ようするに、相手が綺麗であればあるほどお近づきのチャンスなどあるわけがない。よって興奮から来るアドレナリンの分泌など起こりようがなく、俺がキョドることもないのだ。いやまあ、普段からキョドってるって言われればそれだけなんだけど、美女だから緊張するという一般概念は俺には通用しない、ってことだ。

「ここ」

「そう、そこ」

アルビノ美女は、俺が用事のある箱を指差し、美しいだけではもの足りないのか、可愛く首を傾げてみせた。

すっと一歩下がったことを確認し、俺は箱の前に立つ。くっそ、どんだけもの足りないんだよ、めっちゃくちゃ甘くて爽やかでいい匂いがするじゃねえか。

取引主：リディア・ミリオレイン・シロガネ

【求】薬草（あと70枚）【出】16カッパー

「おっ、ラッキー。俺しか取引してない」

14と数字を入力すると、

《薬草十四枚を確認しました》

《2シルバー24カッパーを獲得》

《リディア・ミリオレイン・シロガネより「お取引ありがとうございました」》

《取引が完了しました》

　肩に担いだ革袋が薬草十四枚ぶん軽くなり、小銭袋がすこし重くなる。小ぶりな硬貨ゆえ、あまり重力は感じないが、しかし金を獲得したことによる安心感を大いに得ることができた。

「お取引ありがとうございました」

「え」

　後ろからじーーーっと俺を見ていた銀髪美女が、メッセージウィンドウと同じセリフを口にした。

「もしかして、藤間透くん」

「そうっすけど……」

　きっと目の前にいる美女が薬草の取引相手、リディア・ミリオレイン・シロガネ氏なのだろうということはわかっても、彼女が俺の名前を知っている、その理由がわからない。

「取引主は、取引したあいてのなまえがみられるから」

「あ、そうなんすか」

　ついでに言えば、俺の表情から俺の疑問を読み取って答えられるほど頭もいいようだ。

「……そんじゃ、またよろしく」

美女との邂逅(かいこう)に心震(ふる)えるはずもなく、俺はあっさりと踵(きびす)を返し、無人市場を出た――

「まって」

――ところで、背中から呼び止められた。

いや違(ちが)う。呼び止められただけならば、俺の顔はこんなに熱くならない。

手首を掴(つか)まれていた。と言っていいのか。細くしなやかな、それでいて柔(やわ)らかな指先によって、俺の右手首は後ろから優しく包まれていた。右手首、右肘(みぎひじ)、右腕(みぎうで)、右肩(みぎかた)を経由して顔が熱くなる。

重ねて言うが、俺は美女に胸をときめかせたりはしない。しかしボディタッチは反則だと思う。

「な、な、なんすか」

「うってくれる薬草は、どこで手にいれてるの」

振り向けば顔が近くて、思わず飛び退(の)いて心を落ちつかせる。口臭(こうしゅう)まで爽やかとかどうなってんのマジで。

「ごめん、いたかった」

リディア氏の言葉尻(ことばじり)は上がってこそいないが、彼女の表情が「私が痛かった」という報告ではなく「ごめんね？　痛かった？」と俺に謝罪している。

人間らしからぬ美貌と色香を持つ女性が見せる人間アピールのように、彼女の話し口はやや拙い。人の悪いところを探してしまう色眼鏡越しにようやく見つけた彼女の弱点は、むしろ柔らかな隙に見え、俺に嫌味を抱かせない。

「いや、すいません、女性に触れられるとか慣れてないんで」

「わたしも」

いや私もとか意味不明だ。あなたなら男性どころか女性もよりどりみどりな気がするんですが。

「それで薬草はどうやって手にいれたの」

なんだろう、かなりグイグイくる。パチモノだと疑われてでもいるのだろうか。

しかし彼女の極めて端正な顔はそれを俺に悟らせない。無表情というか、ぬぼーっとした表情。いっそ眠たそうと言ってもいい。

「南門付近でエペ草とライフハーブを採取して、調合したっす」

「調合。……できるの」

これだ。このぬぼーっとした目だ。端正な顔の、美しいアイスブルーに相応しくないほどのどんくさい瞳が、むしろ誤魔化しは通用しない、と俺に訴えかけてくる。

あなた、調合できるの？　という意味でなく、どうしてできないくせにそんなこと言うの？　……そう問われているようで、寒気がした。

「厳密に言えば、宿屋にツレがいるんだ。調合はそいつに任せてる」

「プロの人」

「いや違う。俺もそいつも、こっちに来て一週間のぺーぺーだ」

「お話がしたい」

「……は？」

「お話がしたい。その人と、透と」

正直、お断りしたかった。

恐ろしいくらいの美女は、恐ろしいくらい俺のあれこれを暴いてきそうで怖かったから。

ついでに言うと当然のように下の名前で呼んできて、そんな不自然を不自然と思わせない雰囲気が怖かった。

「おねがい。おうちはどこ」

アイスブルーが言っている。教えてくれないなら、ついてゆく、と。

あ、これ、詰んだわ。

超絶美人を連れて歩く俺は、いまだかつてないくらい注目を浴びていた。

「なんであんな美人があんな冴えないやつと……」

「お、おい、貧困層の路地に入っていくぜ……」

「お嬢さん、もしよろしければ私とパーティを組みませんか？　私はＬＶ37の聖戦士、ヴィルヘルム――」

なんというか、クソゲロビッチの言った『伶奈ー、そんなやつと話すと格落ちるよ？』という言葉が、今になって身に沁みた。

ぶっちゃけリディア氏から言い出したことだから、彼女の格が下がろうとどうでもいいし、格の違いを俺は自覚しているのだから、いまさら俺が心にダメージを被ることはない。

ただ、

「っ……」

「お、おい……」

男に声をかけられるたび、俺の身体を掴んでくるのだ。しかも結構ガチ。さっきと違って結構痛い。

どうにか宿屋に辿りつくころ、俺は疲弊しきっていた。

これ、キャバクラとかに夢中になるオッサンの気持ちがわかるわ。向こうにその気なんてひとつもないとわかりきっていても、美女に身体に触れられれば熱くなる。

男ってたぶん、そういうふうにできているのだろう。

「あらあんちゃんおかえり……って、ひゃぁ……べっぴんさんだねぇ。……アンタ、なに悪いことしたの」

ほらこうなる。宿のエントランスに入るなり、予想と微塵も違わぬ女将の言葉に辟易していると、

「透は悪いことをしていない。わたしが無理をいった」

先ほどの様子はどこへやら、リディア氏が俺を庇うように、俺と女将のあいだに割って入った。女将は一瞬、面食らったような表情になったあと、けらけらと悪気なさそうに笑う。

「あっはっはっは、冗談だよ。あはは、ごめんね、冗談でもあんまりこういうのは言っちゃダメだね。反省」

ぺろっと舌を出し、こつんと自分の頭に拳を合わせた女将に軽く頭を下げ、ふたりで階段を上がる。

「リディアさん、ツレに前もって話してくるんで、すこし待っててほしいんですけど」

「わかった」

部屋の前で断りを入れ、ノックをしてから入室する。

「ふんふんふーん♪　ふんふ……ん？」

アッシマーはまたしてもモノリスの前で自分のステータスを確認しながら鼻歌を歌っていた。ちなみに流行に疎(うと)い俺にはなんの曲かわからない。

「おかえりなさいー？」

「おう。なんで疑問形なんだよ」

「いやだって……くんくん。なんか藤間くんからいい匂いがしますし、ワケありな顔してますもん」

「え、マジ？」

俺にまでいい匂いが移るとか、あの美女、何スチャン・ディオールだよ。

「まあワケありなのは本当だ。……あー、っても、俺もよくわかってないんだけど……」

リディア氏を扉(とびら)のすぐ前に待たせているので手早く説明すると、

「なるほど、女を連れこみたいのでわたしはしばらく外にいろってことですか……」

「すげぇ……驚異(きょうい)の伝わらなさ。なにお前遮断(しゃだん)シートなの？　それとも伝言ゲームの三十人目くらいなの？　俺じゃなくてむしろお前に用事があるんだよ」

俺にしては丁寧に説明しているつもりなのに、アッシマーは視線を落として絞り出すように口を開く。

「あの……お世話になっている身分でこんなことを言うのは忍びないんですが、できればわたしのベッドと作業台は使わないでほしいです……」

「ねえ聞いてる？　お前のベッドとか作業台とか、お前のなかで俺はどんな獣なわけ？　だから彼女は取引相手でだな」

「そんなこと言って、美人局なんじゃないですか？　わたしが見極めてあげますっ」

「あっ、おいっ」

あれだけ学校でおどおどしているのに、なぜこっちではこれほど強気になれるのだろうか。アッシマーはのっしのっしと入口に歩み寄り、勢いよくノブを回し、ドアを開けた。

バァン。

「はわわわわわ」

バタァン。

「お前コラなに顔見て即ドア閉めてんだ失礼にもほどがあるだろ！」

「はわわわだって、あんな綺麗な人、絶対ダメですって！　藤間くんなに夢見てるんですか⁉　現実見てくださいよ！　いくら現実が辛いからって二次元にのめり込みすぎるとダメな大人になっちゃいますよ⁉」

「お前がちゃんと見ろ、目を逸らすな。俺が説教受けてる意味もよくわからん」

アッシマーは混乱した。そしてむしろ場は混沌とした。

コン、コン。

控えめなノックの音。

「ほらお前ちゃんと話せよ」

「ふぇぇぇぇ……」

「あざといの禁止っつっただろコラ」

「いま冷静にそれ言います⁉　しかもわりとガチめの顔で！」

泣きそうになりながら、すり足でドアへ近づいていくアッシマー。

「あ、あ、合言葉を言ってください！」

「……わからない」

「ほ、ほら！　わからないって！　彼女わからないって！　やっぱり美人局ですよぅ！」

「すげぇ理不尽を目の当たりにしてしまった」

しょうがないので俺がドアを開け、安宿に似つかわしくない美しさを招き入れた。

「ぎゃああああああああああああああああ！」

アッシマーすげぇ反応いいな。なんだか逆に楽しくなってきた。

「おじゃまします」

なんだこれ。彼女が入ってきただけで部屋の雰囲気が変わった。なんだろう、安物のベッドも作業台も、くすんだ壁やボロっちいランタンも、古式ゆかしいアンティークに見えないこともない。

「おいこら、ベッドに入るな布団被るなお経唱えるな」

とりあえず布団をひっぺがして、ガタガタ震えるアッシマーを座らせた。

「えーとだな。このパッとしない芋っぽい女が足柄山沁子。薬草を調合してるやつ」

「みっつも！　一文でみっつも悪口言いましたね⁉」

「お前、自分の名前も悪口に含めんなよ……。んで、こちらがリディア・ミリオレイン・シロガネさん。えーと、いつも薬草を買ってくれる人だ」

すげぇ、俺いま十五年間で一番社交的なことしてるわ。ぼっちで陰キャなくせに人紹介するとか自分の才能が怖い。

「リディア・ミリオレイン・シロガネ。リディアでいい。透も」

リディア氏……リディアはそう言って、ぬぼっとした顔のまま、ぺこりと頭を下げた。

「あ、あし、あしがら、やま、しみこです」

「お前俺よりよっぽど喋るくせに自己紹介も満足にできないとかどうなってんの？」

……まあ、わからんでもないけど。

俺たち陰キャは、ある程度話せるようになった相手とはちゃんと喋ることができる。しかし、初対面の相手や格上にはめっぽう弱い。緊張して喋れない。目を合わせるのも怖いのだ。俺はそれを知っていたから、前もってアッシマーに伝えようとしていたんだけど……焼け石に水だったか。

……俺？　俺は陰キャのなかでもアッシマーとは比べるべくもない、洗練された陰キャなんだよ。アッシマーのように、もしかしたらワンチャン……ハンチャンくらいなら、と希望を持ったりしない。それが俺の矜持だ。

「アシガラ・ヤマシミコ。ヤマシミコでいい」

「待ってください待ってください、ヤマシミコだけはさすがに斜め上のひどさで無理ですぅ……！」

ぷぷっ。ヤマシミコ。いいじゃねぇか、なんか……ポケ〇ンみたいで。属性はなんとなくノーマルとあくだな。いけっ、ひっさつまえば！

「藤間くんなに笑ってるんですかぁ⁉　人の気も知らないで！　……そう言えば藤間くん、こっちではじめて会ったとき、わたしのこと、アッシマーって呼んでくれましたよね？

なんであだ名で呼んでくれたのに、いまは苗字なんですか？」

「え」

あれ聞こえてたのかよ！

彼女は足柄山沁子という名前から、クラスで〝地味子〟と呼ばれ、イジメとまではいかないが、冷遇されていた。

悪口みたいな、しかもセンスのないあだ名を付けるパリピ連中に辟易しつつ、むしろヤツらへのカウンターとして俺が脳内で付けたあだ名がアッシマーだった。

以来、俺は脳内ではアッシマーと呼んでいるんだが、それがいけなかった。昨日、女将に蹴り飛ばされ、俺の前に転がってきた彼女に驚いて、ついアッシマーと口に出して呼んでしまったのだ。

「なんで呼んでくれないんですかぁ……地味子でも金太郎でもない、悪意のないあだ名は初めてだったのに……」

思いのほか、アッシマーと呼ばれたのは嬉しかったらしい。その背景が悲しすぎるけど。金太郎って……。

「アッシマー。……ならわたしもアッシマーとよぶ」

捨てておいてしまった客人・リディアがぽつりと呟くと、アッシマーは身体をぴくりと震わせたあと、おずおずとリディアを見やる。

「も、もしかして、いじめない人……？　悪くない人？」

「いじめない。悪くないかはわからないけど、わたしは悪いことをして生きているとはおもわない」

「美人局じゃない？　藤間くんを騙してない？」

「つつもたせというのがなにかはわからない。でも、透をだますつもりはないし、アッシマーにもうそはつかない」

　急に声をかけてきて、急に押しかけてきて、しかもそれが超絶美人となれば、怪しさもオーバーリミットしようというものだ。しかしやはり、整いすぎた表情に似つかわしくないぬぼっとした表情と、どこまでも澄んだアイスブルーの瞳が怪しさを打ち消すのだ。完璧のなかにある自然な隙が、ひねくれた性格の俺たちの、やはりひねくれた疑心暗鬼を優しく溶かしてしまうのだ。

「そ、その、ほんのすこしだけでいいんですけど、か、髪の毛、さわってもいいですかっ」

　なに言ってんのこいつ。

「いい。わたしもアッシマーのかみ、なでていい」

「は、はいっ、その麗しい玉手に汚れがついてもよろしければっ……！」

アッシマーは手をタオルでごしごしと拭いたあと、深呼吸してリディアの髪を撫でる。

「ふぁ……ふわぁぁぁぁ……！　さらさら……さらっさらですっ！　この世のものとは思えませんっ……！」

「アッシマーはもこもこしてる」

なにこれ、急に始まる百合展開。つーかさらさらともこもこって格差ありすぎでしょ。

「さらさらー」

「もこもこ」

……まあ、打ち解けたみたいだし、べつにいいか。


「リディアさーん、……えへへ、リディアさーん？」

「アッシマー、かわいい」

安宿『とまり木の翡翠亭』の２０１号室がゆりゆり空間に包まれてから、五分ほどが経過した。

今でもふたりは飽きることなく髪を撫であっている。部屋にはいい匂いが充満し、むしろ俺が外に出たほうがいいんじゃないかという気にさえなってきた。

陰キャは基本的にコミュニティの輪が狭い。そして狭いぶん深いのだ。喧嘩をすればそ

のぶん深く傷つくし、話が合えば同志を見つけたように鼻息荒く談議する。まあ俺の場合はそこにすら至っていないわけだが。

アッシマーの場合、自分が懐いても距離を置かれず、むしろ懐いてきてくれる美女——リディアにもうめろめろだった。

「ふにゃー……リディアさんやわらかーい」

「アッシマーもやわらかい」

「わたしのはぶよぶよって言うんですよぉ。リディアさんはふよふよー」

「アッシマーはあったかい。なでなで」

「ふわぁぁぁぁ……」

最初に疑ったように、もしもリディアが悪人だったならば、アッシマーはもう立ち直れないに違いない。

「んで、話ってなんだ？」

もう手遅れかも、と半ば諦めながらも、これ以上アッシマーが深みにはまる前に、百合空間を断ち切るように声をかけた。

アッシマーのベッドで絡みつくようにしてゆりゆりしていたリディアはベッドに腰掛けて口を開く。

「ポーションの調合をおねがいしにきた」

「ポーション？」

ポーションというのは、ＲＰＧでよく聞く、あのポーションだろう。ＨＰを回復する薬品である。

「わたしはポーションがほしい。それもたくさん、かぞえきれないくらいほしい」

リディアはぬぼっとした顔を終始崩すことなく、淡々とそう口にした。

「そう言われても、そもそもポーションってどうやれば手に入るんだ？　俺たち、それすら知らないんだけど」

「モンスターからのドロップ。お店や市場で60～70カッパーをしはらってかう。あとは調合」

リディアの話をかいつまむと、こういうことだ。

モンスターから得られるポーションの数なんてたかが知れている。店売りのポーションを買えば高くつく。仕方がないから自分で採取と調合をして作成していたが、そうなると時間がいくらあっても足りない。

一番ランクの低いポーションの調合レシピは『薬草×マンドレイク×空きビン＝マイナーライフポーション』らしい。

薬草の時点で『エペ草×ライフハーブ＝薬草』という調合をこなさなければならないのだから、ポーションまで調合するのに大変な労力が必要だということは想像に難くない。

だからせめてその過程だけでもスルーしようと、リディアは無人市場で薬草を集めていたのだ。

「でもそれ、薬草じゃなくて、ポーションを直接募集すればいいいんじゃないのか？」

「だめ。ポーションは人気商品。みんなとおなじ料金でぼしゅうしても、いりぐちの箱にとられる」

あー、たしかに無人市場の入口にある箱には、

取引主：×××・××××××
【求】マイナーライフポーション（残449個）【出】44カッパー

こんな感じのウィンドウが多かったたな。同じ値段で募集しても、奥のほうにあるリディアの箱に辿りつく前に取引が成立してしまうのだろう。

ちなみに箱の位置は『無人市場への貢献ポイント』で決定するらしく、じゃあ貢献ポイントってのはなんなんだっていうと、取引をした際に得た金額の一割を無人市場の管理者

が自動的に差っ引いて儲けにしているんだが、ようするにこの差っ引いた額の累計が貢献ポイントである。

「わたしはまだ、このまちにきて日があさい。だから箱もおくのほう。いろいろと不利」

「ってことは、俺たちが売ってた薬草、リディアは16カッパーで買ってると思ってたんだが、実際はもっと出してたんだな……」

「そう」

つまりリディアは薬草一枚あたりを17.6カッパーで購入していたことになり、仲介業者に1.6カッパーずつ流れていたことになる。

「調合がむりなら、これからは市場をとおさず、直接とりひきしたい。一枚17カッパーでかう」

「そりゃwinーwinだな。俺に異論はない。アッシマーはどうだ?」

「はいっ、もちろんわたしも問題ないですっ。でも、できればポーションまで調合してお渡ししたいですっ。マンドレイクと空きビンはどうやって手に入れるですか?」

「エシュメルデの南門から1キロほど南下すると、木のかたちがかわってくる。その木の根っこにある採取ポイントからとれる。さらに南にあるサシャ雑木林はマンドレイクのぐんせいち」

「うげ……そこってモンスターが結構いるんじゃねぇの？」

「マイナーコボルト、ロウアーコボルト、マイナージェリー、フォレストバットくらいしかいない」

「くらいしかって……俺たち戦闘においちゃゴミ以下だぞ？」

「そうなの」

「そうなの」

オウムのようにリディアへ返事をすると、すこし考えたあと、

「どうして」

「意外と抉ってくるなおい」

表情から悪意は感じられない。だから『力が全てのこの世界で弱いとか、どうして生きてるの？　草』みたいな意味じゃないことはわかるけど。

「よわいひとの顔をしていない。透も。アッシマーも」

リディアにそう言われ、俺たちの口から情けない声が出る。

「LVがひくいのは見てわかる。でも、よわくない。ぜったい」

そして思わずアッシマーと顔を見合わせた。

さして美人ともいえない平凡な顔立ち。流行に沿わないもこもこな髪。強そうと言えば、

くっきりとした二重、ダークブラウンの大きな瞳くらいか。しかしリディアと並べて比べるのは可哀想だ。……あ、おっぱいだけは並べてもいい勝負。しかし右だけ陥没しているらしい。いや、嫌いじゃないけど。

「藤間くん、目つき悪いからですかね？」

「おいこら人が黙ってやってりゃなんだそれ」

こっちは脳内で止めてやってたってのにこの野郎。俺にだって気にしてることはあるんだよこの野郎。

「透は信念、アッシマーは勇気が目にやどってる。よわい人の目をしていない」

信念。勇気。俺の信念はともかく、やはりリディアはただ者ではないようだ。

なぜなら、見抜いたから。それを勇気と知っているのはこの世で俺だけかもしれない、六人の前に立ちはだかった彼女の力を。

「……ま、そう言ってくれると悪い気はしない。でも戦えないものは戦えない。んで？空きビンはさすがに採取じゃとれないよな。購入するのか？」

話を逸らす。

何度も思い出す、俺のために立ちあがった、小さな……しかし俺の心をいっぱいに満たした背中を、ずっとそれに縋ってはいけないと、心に灯ったなにかを追い払うように。

アッシマーは名残惜しそうにしていたが、話が終わりリディアと別れ、そこからいろいろとあって防具屋に足を運んでいた。

コモンブーツ　40カッパー
DEF0.10　HP1

安物の素材でつくった簡素な靴。

まずはここから。


「はわわわわ、結構しますね……」

「だけどしょうがねぇだろ。初期投資はなにをするにも要るもんだしな。あとその声やめろ」

「うーん、藤間くんはブレませんねぇ……」

俺の毒にも慣れてきたのか、アッシマーはなんでもなさそうに商品棚に視線を戻した。

さて、これまで裸足だった俺たちだが、ポーションの調合に必要な素材である『空きビン』を獲得するため、エシュメルデ東の砂浜へ足を運んだ。しかし――

『げぇえっ！　砂浜熱っ！　足の裏熱っ！』

『ひゃあああ、ガラス！　ガラスの破片がたくさん落ちてますっ！　踏んだら危ないですよ藤間くん！』

　気温はそこまで高くないのだが、太陽光を一身に浴びた砂は熱く、またガラスの破片やゴミが散乱しているため、裸足では採取どころではなかったのだ。

「80カッパーたしかに。毎度あり」

　肩肘ついたまま接客するとんでもないオッサン店長の店を出て、一度宿へ。

　足を綺麗にしてからコモンブーツを装備した。

「えへへっ……じゃーん☆　どうですか？」

「どうですかって……　〝裸足のアッシマー〟が〝安物の靴を装備したアッシマー〟になったとしか」

「なんかもうちょっとあるでしょう？　ほらほら、よく似合ってるとか」

　くるりんこ、とその場で回転してみせるアッシマー。

「もうちょっとなにか……。そうだな……。あざとく見せつけるのをやめてほしい」

「本当に藤間くんはブレませんね!?」

ともあれこれで準備万端。こんどこそと砂浜へ向かうとき、中央広場の時計は午後三時を指していた。

《採取結果》

39回
採取ＬＶ1→×1.1
←
42ポイント

判定→C
オルフェの砂×3

空きビンを集めにきたといっても、空きビンがそのまま採取できるわけではない。

まず、この『オルフェの砂』ふたつを【錬金(れんきん)】してひとつの『オルフェのガラス』にする。

その後『オルフェのガラス』を『オルフェのビン』に【加工】し、ようやくポーションの調合素材、いわゆる空きビンの完成である。

このオルフェのビンだが、じつは5～6カッパーという安価でエシュメルデのアイテムショップに売られている。

リディアはこれまで空きビンをショップで購入していたし、ポーションを調合する人のほとんどが、同じようにアイテムショップの世話になっているらしい。

じゃあなぜわざわざ俺たちが採取をしにこの砂浜まで来ているのかというと、長いスパンでの取引相手になりそうなリディアから、

『採取も錬金も加工も、身(み)の丈(たけ)にあうものからはじめたほうがいい。そのほうが経験になるし、もうけもでる』

そうアドバイスされ、エペ草よりも簡単な初歩の初歩、オルフェの砂を採取しているというわけなのだ。

《採取結果》
——————
44回
採取LV1↓×1.1
←
48ポイント
——————
判定↓C
オルフェの砂×3
——————

「ぐあマジか、B判定とれそうだなこれ」

リディアの言ったことは正しく、たしかにここはエペ草より簡単で、高い判定が出やすい。白い光が大きくてタッチしやすいし、次に光る場所がどことなく予測しやすい。

「藤間くん、わたしはじめてC判定出ましたっ！　オルフェの砂みっつですよみっつ！」

スキルには恵まれているものの、あまり採取が得意でないらしいアッシマーですらC判定。やべぇ、抜かれないようにしないと。

「よっ……と。おいアッシマー、こっちの袋はそろそろいっぱいだ。お前はどうだ？」

「ごめんなさい、わたしはもうすこし入りますぅ……」

「べつにお前のペースでいいんだって。あと一回ずつしたら戻るぞ。お前がここで疲れきったらこの後が困るしな」

「あぅ……」

アッシマーにはこのあと、

『オルフェの砂』×2

錬金　←

『オルフェのガラス』

加工　←

『オルフェのビン』

という、なんとなく大変そうな作業が待っているのだ。ここで体力とＳＰが尽きてしまえば、俺たちは革袋に大量の砂を詰め込んだまま動けなくなる。それだけはどうしても避

けたかった。

《革袋1》　オルフェの砂×30
《革袋2》　オルフェの砂×30

「ご、ごめんなさい、藤間くん、荷物を持ってもらってしまって……」

ふたつの革袋には、ぎっしりと砂が詰まっている。

当然のように重く、アッシマーだって持てないことはないのだが、顔を真っ赤にして「ふぎぎぎぎ……！」と唸るほどキツそうだったので、なんとか俺がふたつの革袋を持ち、どうにか宿屋へ帰ってきたのだ。

「大丈夫だっつの……いてて……」

強がったはいいが、さすがに限界だ。ベッドの上にうつ伏せになる。

「あっだめですよぅ、靴を脱がないと……よいしょ、よいしょ……」

「ぐあ……」

アッシマーに靴を脱がされるという屈辱を味わいながら、それに逆らうほどの力も残っていなかった。くっそ、腰が痛ぇ……！

採取は光る地面をタッチするという性質のため、作業は地面に跪いて行なうんだが、これがまた腰にくる。今回の運搬でトドメだ。

「くっそ、高一で腰痛とか洒落にならんって」

「あんな重い荷物を持ったら誰だってこうなりますよぅ……」

心配そうな声。くそっ、アッシマーの体力とSPを減らすまいと無茶しすぎた……！

……と。ギシリ、と硬いスプリングが軋んだ。太ももから腰にかけて、柔らかな重み。

「え、ちょっ、おい、お前なにしてんの」

なんだこれ、うつ伏せで寝る俺の上に、アッシマーが跨っている。

「じっとしててください……」

うおおおお怖い怖い怖い怖い！　なにすんの俺いったいなにされるの⁉　毒ばっかり吐いてたから殺されるの⁉　ファンタジー世界だから殺されるのはしょうがないとしても、せめて戦闘で殺して！

俺の不安をよそに、背中に添えられた両手は、柔らかで優しい重みをかけてくる。

「うおっ……！　くっ、おい、マジかよ、あっ、ああっ……！」

マッサージだ。うっ、お、や、やばい、気持ち、いいっ……！

「藤間くん、お疲れさまの身体してますよぅ……？　ここすごく張ってます」

「あっ、あっ、もういい、もういいって、ああっ、声出るから、ああっ……！　恥ずいからっ」

　俺の悲鳴を伴って、アッシマーの両手は背中から腰へゆっくりと移動してゆく。

「ぐっ……！　ふっ……！　ふぅっ……！　あっこら、尻はいいって、このスケベ、あっ、ああっ……！」

「腰が悪い人はお尻がこるんですよっ。ここかっ、ここがえぇのんかっ」

「急にキャラブレんなっつの……！　ぐあ、でもっ、たしかにっ、きもち、いいっ……！」

「ふっ……ふふっ……。あの藤間くんがわたしの手で喘いでますっ……。なんだかわたしまで気持ちよくなってきちゃいましたっ……」

「いやちょっと待って！　急に怖くなるのマジやめて⁉」

　十分かそこいら肩、背中、腰、脚を揉みしだかれ、マッサージという労働をしたはずのアッシマーよりも俺のほうがなぜか疲れていた。

「やっべぇ……すっげぇ良かった……眠れそう……」

「寝ててもいいですよ？　六十個あるオルフェの砂、まさかここにひっくり返すわけにもいきませんので、すくなくとも錬金で半分減らすまでは革袋が空きませんから」

「んあ……まじか……なあこれ、昼寝したら現実で目覚めるとかないよな……？」

「平気ですっ。夜を越えて寝ちゃったらさすがにそうなっちゃうと思いますけど……。もしよかったら、革袋が空いたら起こしましょうか？」

「おう……頼むわ……」

そうして俺は、優しい微睡みに落ちてゆく。

悪い、アッシマー。初めて錬金するってのに、立ち会ってやれなくて。

その言葉を口にしたのかもわからない。すっ、と布団を被せられる感覚。

アッシマーが押してくれた身体の後ろ半分だけが、ぽかぽかと温かかった。

一章EX　陰キャが面倒くさくて何が悪い

「いらっしゃいにゃせー♪」

元気のいい猫娘のココナさんが迎え入れてくれる宿の向かいのスキルブックショップ。

本日二度目の訪問。相変わらず客はいなかった。

「うにゃ？　おにーちゃんだけにゃん？」

「アッシマーなら部屋で必死こいて錬金してる。スキルブックを見せてくれ」

「はいはいにゃーん♪」

藤間透　96カッパー

▼――ステータス

SP　LV1　30カッパー　体力　LV1　50カッパー（New）

技力　LV1　50カッパー

▼戦闘

逃走（とうそう）　LV1　30カッパー

▼魔法（まほう）

召喚（しょうかん）　LV1　30カッパー

▼生産

採取　LV1　60カッパー　砂浜採取　LV1　50カッパー（New）

調合　LV1　30カッパー（New）

▼行動

歩行　LV1　30カッパー　走行　LV1　30カッパー

疾駆（しっく）　LV1　30カッパー　運搬　LV1　50カッパー（New）

▼その他

冷静　LV1　30カッパー　我慢（がまん）　LV1　30カッパー

「うお、なんか色々生えた」

「それだけおにーちゃんが頑張ってる証拠だにゃーん♪」

そうなのか？　……そうなのか。いまさら、なに言ってるんだって感じなんだけど。

俺、ちゃんと頑張れているんだなぁ……。まあ食っていくためには頑張らなきゃいけないから仕方ないって感じなんだけど。

……さて、ほしいスキルは山積みだが、いつものことながら金がない。かなり絞って買わなきゃな。

「【採取ＬＶ１】を【採取ＬＶ２】にすると、結構変わるもんなのか？」

「採取補正の1.1倍が1.2倍になるにゃん♪」

「ぬぐ……強いな」

習得すれば『オルフェの砂』はＢ判定、『エペ草』はＣ判定、『ライフハーブ』はＤ判定と、ひとつずつ上を狙えるかもしれない。

「新しく生えた【砂浜採取ＬＶ１】ってなんだ？」

「名前の通りだにゃ、砂浜で採取すると1.1倍の採取補正が付くにゃん」

「【採取】スキルと重複するのか？」

「するにゃん♪　おにーちゃんの場合、1.1×1.1で1.21倍になるにゃん」

マジか。これを習得すればきっと『オルフェの砂』のＢ判定が確実なものとなり、慣れてくればA判定すら見えてくる。

　しかしそれは後回しだ。今から俺は、薬草のために草原で採取をしなければならない。

「【平原採取】とか【草原採取】みたいなスキルはないのか？　今からエペ草とライフハーブをとりに行くんだけど」

「あるにゃん。ついでに言えば【植物採取】もあるにゃ。でもおにーちゃんは経験不足で読めないにゃん」

「嘘だろ？　俺、一週間くらい南の平原でエペ草ばっかり採取してたんだけど。そっちが経験不足なのに、なんでさっきはじめて採取した砂浜が習得可能なんだ？」

「適性もあると思うにゃ。けどたぶん、エペ草よりもオルフェの砂を採取するほうがおにーちゃんの身の丈にあってる、ってことだにゃん。がむしゃらに数をこなすより、適正な場所で適正な行動をしたほうがスキルは覚えやすいにゃん」

　さっきリディアに言われたことをココナさんにも言われ、納得する。

　……なるほど、さすがに認めなきゃならない。

　パリピが馬鹿にした採取。エペ草やライフハーブの採取ですら、俺には早かったんだと。

「まあ【採取】とか【戦闘】みたいなコモンスキルよりも【草原採取】とか【リンボーダンス】みたいな細かいマイナースキルのほうが習得しにくいにゃん」

なんだよその【リンボーダンス】って。きっと高レベルのリンボーダンスはさぞかし低い姿勢でずんどこずんどこやるのだろう。

「わかった。じゃあ【採取ＬＶ２】のスキルブックをくれ。あとは――」

そうして生活費を除いた全財産……96カッパーのうちのほとんどを使い果たし、一度部屋へ戻った。

アッシマーは鼻歌を歌っていなかった。

真剣な顔で、砂の入った革袋が載せられた作業台と睨めっこしている。

《錬金結果》

オルフェの砂×2

錬金成功率　59％
アトリエ・ド・リュミエール↓×1.1
←

錬金成功率　64％
オルフェのガラスを獲得

「よしっ……！」

両手でガッツポーズをし、喜びを表現するアッシマーの背中が見えた。

「えへへぇ……うにゃー、わたしって天才かもですぅ……」

「お前、独りごとすらあざといのな」

「はああああああああああああ⁉」

俺に気づきもしなかったらしい。まあそうだよな、あれだけ真剣だったんだもんな。

「ふ、藤間くんどうしたんですか？　エペ草とライフハーブをとりに行ったんじゃ……」

「スキルブックを買ったら6カッパー余ったんでな。ストレージに入れにきた」

「せこっ……」

アッシマーの顔はドン引きだ。彼氏（かれし）と初デートでハンバーガーショップに入って『クーポンのポテトと110円のハンバーガーふたつ。あと水ください。ポテトはもちろんLで』

と言い放ち、一円玉と五円玉がたくさん混ざった３７０円を出しながら、自分に『お前も注文しなよ』と恥ずかしげもなく振り返る彼氏を見るような顔をしている。

「うるせぇ。俺からしたらセットはもったいないんだよ。コーラの原価知ってる？」

「いったいなんの話なんですか⁉」

アッシマーの悲鳴を背で浴びながら6カッパーをストレージへ保管すると、背負った革袋から一冊の本を取り出した。

「こ、これ。６カッパーを預けにきたついでに、やる」

「ふぇ……？　あ……【加工ＬＶ１】のスキルブック……」

60カッパーで【採取ＬＶ２】、30カッパーで【加工ＬＶ１】を購入した。

【錬金ＬＶ１】も30カッパーで売っていたが、ぐーすか寝ていた俺が部屋を出たとき、すでに錬金の作業は折り返し地点を過ぎていたため、いまのところは『オルフェのガラス』を『オルフェのビン』へ変化させる【加工ＬＶ１】のほうが役に立つと思ったのだ。

「じゃ、じゃあ。採取行ってくるわ。そのスキルブックは読めるようになったら読んでくれ。あんまり無理するなよ」

そう、これは効率。効率よく金を稼ぐための投資。

そう言い聞かせて部屋に背を向けた俺の手首を、なにか柔らかいものが包んだ。

「待ってくださいっ……」

既視感(デジャヴ)……ではない。

さっき、無人市場を立ち去ろうとしたとき、リディアにされたこととまったく同じ。

しかし相手が違(ちが)う。かたや美しすぎるほどの美女。かたや地味な顔をしたアッシマー。

それなのに。

『身の丈にあったことをしたほうがいい』

いや、だからこそ、なのか。

どっ、どっ、どっ、どっ………。

なんだよ。なんなんだよ、これ。

「うれしい、です。お芝居(しばい)までしてくれて」

どっ、どっ、どっ、どっ………。

「だってわたしですらわかりますもん。藤間くんがわからないわけないじゃないですか」

どっ、どっ、どっ、どっ………。

「わざとですよね？　96カッパーっていう半端(はんぱ)なお金を持っていったの。わざと端数(はすう)が余るようにして、自然にこの部屋へ、一度帰ってこられるように」

「そんなわけ、ねえだろ」

馬鹿野郎。もしもそうなら、アレじゃねえか。プレゼントなんて恥ずかしいことできねえから、あくまで「ついで」だからやるよと俺が一芝居打ったみたいじゃねぇか。

この俺が、そんなこと、するわけ、ねぇだろ。

他人に嘗められても、自分を嘗めることはしなかった。孤独じゃない。孤高だと。

他人に貶められても、心は折らなかった。膝は折っても、藤間透は俺だけだと。

他人に騙されても、自分に嘘はつかなかった。手を地についても、お前らのいいようにはさせないと。

アッシマーは、ダメだ。俺を、弱くする。

緊張しきった筋肉を解される。ひとりでも生きてゆけると背伸びした踵を着地させようとする。冷えた心を溶かし、閉じこもった殻を破ろうとする。

はじめて話して、まだ二日なのに。

「そんなわけ、ねえ」

もう一度そう言って、俺を弱くするぬくもりを振りほどき、部屋を出た。

「藤間くんっ、ありがとうございますっ、わたし、必ず藤間くんのお役に立ってみせますっ……！」

宿を出ても、俺を弱くする声が二階の窓から降り注ぐ。

「お前のペースでいいっつの」

それだけ返し、こんどこそ宿に背を向けた。

俺がアッシマーのために？　芝居までして？　……そんなことあるはずないだろ。

ありえない。ありえない。

もしかすると、俺はもう、すでに弱いのかもしれない。

弱くなったぶんだけ、生まれてはじめて自分自身に嘘をついてまで、それを誤魔化したのだから。

《採取結果》
34回
採取LV2→×1.2
←
40ポイント

判定↓C
エペ草×2
ホモモ草を獲得

「うお、マジか……！」

新たに習得した【採取LV2】のおかげで、ついにエペ草の採取でC判定を獲得した。

「それにしても……」

なんだよ『ホモモ草』って。もうマジでいやな予感しかしない。

何がやばいって、草と言いながら花に見えるそのフォルムだ。もじゃもじゃと生い茂った黒緑の草の上に天高く突き上げるような雄々しい柱頭。その根元は左右の二箇所が丸く盛り上がっていて、なんというか、あまり革袋に仕舞いたくない。

《採取結果》

34回
採取LV2↓×1.2
←
40ポイント

判定↓C
エペ草×3を獲得

　よしよし、またC判定だ。今度はエペ草三枚か。もしかして判定Cは三つめのアイテムがある程度ランダムなのか？　ホモモ草の用途がわからない以上、エペ草のほうがうれしいんだけどな……。

「はあっ……！　はあっ……！」

　連続六回の採取を終え、結果は全部C判定。エペ草十六枚とホモモ草二本を入手した。
　準備やインターバルを含めて十五分ほど。さすがに限界と仰向けに転がった。
　あたりはすでに黄昏時。あと三十秒だけ休んだらライフハーブの採取に切り替えよう。

エペ草とライフハーブの両方が揃わないと、アッシマーが薬草に調合できないからだ。

そんなとき、神経を逆なでするような声が聞こえた。

「うっわあいつ仰向けでなにやってんだ」

「通りがかった女のスカートの中身覗いてんじゃねぇの」

誰かなんて見なくてもわかる。またあいつらだ。

「いいよなー、人が必死こいてモンスター倒してるときに、のんびりゴミ拾いかよ」

「慎也、そんな言いかたないだろ。どうしていつも喧嘩腰なんだ」

思ったよりも彼らは近くにいるようだ。立ち上がり、そちらは見ないようにして、ライフハーブの採取スポットに移動する。

「うわ、無視だわ。感じ悪っ」

「なあ悠真、お前なんであんなやつに低姿勢なわけ？」

感じ悪い？　人の悪口を言いながら近づいてくるお前らがそれを言うのかよ。

こっちは無視してやってんだよ。俺に構うんじゃねぇよカス。

「あんなやつなんて言いかたはないだろ？　同じクラスの仲間じゃないか」

「仲間ねぇ……仲間ならもうちょっとなんかあるだろ？」

「仲良くしようってのが微塵も感じねぇしな」

そりゃそうだよな。そんな気、俺にはさらさらないからな。
だけど最初から喧嘩腰のお前らにだって、そんなことを言う資格はないだろ。

《採取結果》

27回
採取LV2↓×1.2
←
32ポイント

判定↓D
ライフハーブ×2を獲得

よしよし、いい感じだ。あと七回ほど採取をこなせば、とりあえずはじゅうぶんだろう。

反応のない俺に飽きたのか、ちらと振り返ったとき、あいつらの姿はもうなかった。ある種モンスターと同じくらい迷惑だわ。ともかく、これで落ち着いて採取ができる。

採取。採取採取採取。

ライフハーブ×2。ライフハーブ×2。

ライフハーブ×2。ライフハーブ×2。

「ぐあ……。やっぱりC判定は無理か……！　くそっ、無駄に体力つかっちまった……」

これでライフハーブは十枚。エペ草は十六枚あるから、調合ぶんの数を合わせるなら、あと三回は採取しねえと……。

疲れた身体に鞭を打ち、もうひと頑張りと気合を入れ直したとき、

「グルゥ……」

それは目の前からやってきた。二足歩行の毛むくじゃらな身体、両手に構えた槍、そして犬の頭。モンスター、コボルトだ。

「うおやべぇ……！」

弾かれたように立ち上がり、素材でぱんぱんになった革袋を背負って一目散。

「ガルゥ……！」

しかし撤退方向にもコボルト。やばい、囲まれた。

俺はこのアルカディアで二回ほど死んだことがある。そのどちらもコボルトに逃げ道を塞がれ、槍の餌食となったのだ。

死んだって、金半分と一部のアイテム、そして二時間をロストするだけだ。終わりじゃねぇ。それにいまは文無し。失うものなんてあんまりない。

ただ俺を恐怖させるものは、槍が身体に食い込む、言葉に表せないほどの痛みだった。

成長しねぇな俺も。せめてココナさんの言う通り【逃走LV1】のスキルブックでも買っておけば、なにかが違ったのかもしれない。

前にコボルト。後ろにコボルト。右にコボルト。一縷の望みを賭けて臨んだ左にもコボルト。

包囲の輪を縮めてくる計四体のコボルト。徐々に小さくなってゆく輪はきっと、俺が死ぬまでの時間と比例している。

なんだよお前ら、めっちゃ囲んでくるじゃねえか。パリピかよ。

……いや、そんなこと言ったら、さすがに失礼だな。お前らモンスターは俺にとって、あいつらよりよっぽど上等だ。

だって、こいつらが纏う殺気には、あいつらと違って『これだけのことをしておいてなお、自分がいい人間だと思いたい』という悪意がないから。

『俺悪くねーよな？　藤間が悪いんだからな？　なあみんなそうだろ？』

モンスターは俺を殺す。でも、俺を貶めない。モンスターとはそういう生きものだから。

仕事だから。そういう生きかただから。だから、俺を殺す。

大した理由もなく他人を貶めるやつらより、そっちのほうが、よっぽど上等じゃねぇか。

拳を握る。しかしやはり、その拳を正面で構えない。背に担いだコモンステッキを両手に持ち、

「うおおおおおおっ！」

それを振り回しながら、正面のコボルトに突っこんだ。

俺が振り下ろした骨製の杖をコボルトが槍の中腹で受け止めると、戦闘とは思えないほどつまらない音が、だだっ広い草原のしじまに消えてゆく。

「まだまだぁっ！」

俺の杖がコボルトの身体に触れることはない。杖よりもすこし長い槍にすべて弾かれてしまう。

「ガウッ！」

「うわぁぁああっ！」

繰り出される槍を紙一重でかわした。

一対一でも平気だと踏んだのか、残る三体は手を出してこない。たったひとりを六人で囲むあいつらとは別。このタイマンは、マウントを取った上の舐めプとも取れないこともないが、すくなくとも俺からすれば、そんな気はしなかった。

しかし、まるで児戯。俺のスイングはコボルトに余裕を持って受け止められている。

……でも、駄目だろ。人間とモンスターは殺しあってるんだ。どうせ勝てないから好きにしろ、ってのは……カッコ悪いだろ。抗っても勝てるとは思わない。でも、モンスターは勝てなくても立ち向かってくるだろ。祁答院たち六人に、たったひとりで立ち向かったあのコボルトの勇敢さ。そしてそれに応えることなく、笑いながら惨殺したイケメンふたりの顔。

ああ、上等だ。

杖を真横に振る。防がれる。

杖を引き、突く。退がられる。

……あ………。

ついに槍の穂先が俺の胸を捉えた。

灼熱が俺の胸を焦がす。草原に吹く優しさは血風に変わり、緑は紅に塗り替えられた。

「ぐ……う……」

痛っ……てぇ…………。死んだな、これ…………。

あー…………。

やっぱり、弱い、な、俺。

殴られるとか、虐められるとか、そんな生ぬるいものじゃない。

胸を槍で突かれたんだ。どれがいちばん酷いかなんて、比べるまでもないだろう。

……でも。

「ぐ……ふっ……！」

口から溢れるものが、俺の身体を紅く染めてゆく。そうしながら身体を貫いた槍を、俺は両手で掴んで離さない。

殴られても、殴り返してやろうと思わなかった。

虐められても、虐め返してやろうと思わなかった。

ただ、ゴミを掃き棄てるように、毒を吐き捨てるように、破棄、捨てた。

……でも。

「グルァ!?」

貫かれた槍を全力で掴んだまま、俺は歩み寄る。胸に槍をより深く、ズブズブと受け入れながら。

自分の吐いた血で真っ赤になった手が、槍を持つコボルトの手を掴んだ。

俺を貫いた槍が全身全霊だったのなら、俺もそれに応えるべき。そう思った。

これが藤間透の、全身全霊、ありったけだ。

か、槍を手放してたたらを踏む。同時に俺から放たれる、緑の光。

「ギャアアッ⁉」

渾身の頭突きがコボルトの右目に命中した。コボルトは痛みからか、それとも驚きから
人間が、あるいはモンスターが死ぬとき、緑の光が溢れる。

つまり、俺は、死ぬのだ。

「ごぽがぼごぼっ……！」――次は俺が殺してやる番だッ‼

そんな叫びは俺の口から出てくるはずもなく、代わりに口からは血反吐がまろびでた。

コボルトは犬顔の右目を毛むくじゃらの手で押さえながら左目で俺を見て、

「グルァウ……」

そう応えた。俺を包む緑の光のなか、俺にはコボルトが、

「見事だ」

そう言ってくれたような気がした。

今日ベッドで目が覚めるのは、これで三回目である。

「んあー……」

一度目は起床時。二度目はさっき、アッシマーにマッサージされ、不覚にも一時間近く昼寝をしてしまい、その目覚め。そして三度目は、

「……なにこの状況」

大して美人でもない顔と、筆舌に尽くしがたい美しく整った顔が俺を見下ろしていた。

「ごめん。まにあわなかった」

最初に口を開いたのはリディア。

「んあー……。ごめんってなんだ急に」

「ちょうど近くにいた。わたしがきづいたとき、もう透は血の海にたおれていて、緑の光があふれていた」

血の海？　緑の光？　リディアは何を言ってるんだ？

……あー、そうか。俺、死んだわ。コボルトにあっさりやられたわ。つまりこれは目覚めというより、リスポーンだ。デスルーラってやつだ。

仰向けになったまま、貫かれた胸に手の平を重ねる。もうなんの痛みもないし、穴も開いてない。ついでに言えばボロギレも無事だった。

「んあー……金持ってねぇからよかったけど。どのアイテムをロストしたんだ……？」

コモンブーツを履いている感覚はあるし、下半身がスースーしているわけでもない。ごろんと転がればコモンステッキも見える。ってことは、装備をロストしたわけではない。

ほっと息をついて半身を起こし、杖と同じく枕元にある革袋に手をやると、その手をそっと掴まれた。

「わたしが見ますから、藤間くんはもうすこし横になっていてください」

アッシマーに半ば無理矢理横にされると、再び布団をかけられた。

「ええと……なんなんですかこのホモモ草って名前の草……」

「おいこらセクハラした上司を見るような視線を送ってくんな。俺もわからん。エペ草の採取スポットで二本だけ出たんだよ」

アッシマーは作業台にホモモ草二本を並べ、淫靡なフォルムから顔を背けたあと、そそり立つ柱頭の長さをちらちら比べ始めた。こいつは俺なんかよりも遥かにムッツリスケベだと思った。眠気も覚めるわ。

「ホモモ草。調合につかう。効果はおもに男性の精力増強」

「恥ずかしいくらい名前に恥じない効果だな」

名は体を表すどころか効果まで表しちゃってるよ。ホモモ草ェ……。

「あまりつかわれることはないけど、ライフハーブと調合してSPの回復もできる」

「それってすげぇ優秀じゃねえの？　なんであまり使われないんだ？」

それって採取で疲れたときに使えば、また採取できるってことだよな。すげぇ便利なように感じる。

「ライフハーブが薬草の調合に優先されるから」

あー、なるほどな。SP回復薬に使うぶんのライフハーブが残らないのか。

「藤間くん、ホモモ草二本、ライフハーブ十枚、エペ草十枚でしたよ」

「そんならロストしたのはエペ草一枚だけか。不幸中の幸いだな。……っていま思ったんだが、リディアはあそこの近くを通りかかったんだよな？　大丈夫だったのか？　コボルトが四体もいたろ」

「へいき。すべてけちらしたから」

「蹴散らしたって、倒したのか？　四体もいたんだぞ？　ひとりで？　怪我はなかったのか？」

リディアの外見に変わったところはない。

「ポーションが必要だって言うから、闘えるんだろうなっていうのはわかっていたんだけど……リディアってもしかして、滅茶苦茶強いんじゃないのか？」

「わたしはわたしをとくべつつよいとは思わない。……でも、このあたりのモンスターにはまけない」

この辺りのモンスターに負けないって、それめっちゃ強いことになるんだけど。

……それにしても、この胸以外ほっそい、二次元のような身体のどこにモンスターと戦う力があるというのか。

「わたし、魔法使いだから」

俺の失礼な視線を感じ取ったのか、しかしべつにいやでもないようにリディアが呟いた。

「ま、そうだろうな。まさかその細腕で斧を振り回してたら二次元もさすがに回れ右だ」

「魔法使い！　いいですねっ。どんな魔法が使えるんですかぁ？」

「炎、氷、光、闇、星。召喚もすこしだけ」

「ふぇえ……リディアさんって外見通りすごい人なんですね、藤間くん。……藤間くん？」

アッシマーが「ふえ？」と首をかしげる。俺はそれに苦言を呈することもせず、リディアの言葉を反芻していた。

……召喚。召喚したくてもできない俺からすれば、それはとても羨ましいことで「召喚もすこしだけ」という言葉通りなら、おそらくリディアは召喚士ではない。それでも召喚を使えているというのに……俺は。

「透は、魔法使いなの」

「俺は……」

言うか、言わないか。言うのは恥ずかしい。しかし目の前のアイスブルーは、さして好奇心のなさそうなぬぼっとした表情とは相反するように「知りたい」と言っている。

「俺は召喚士なんだ。まだ召喚はできないけどな」

身を守るための嘘はこのふたりには必要ないとでも思ったのだろうか、結局言った。

「そう。どうして」

「召喚にはモンスターの意思が必要だろ。手に入れるまで使えないんだよ」

剣を持たぬ剣士。魔法を知らぬ魔法使い。

モンスターの意思を持たない召喚士は、それと同じだった。

「そういう意味では召喚士とは名乗れないか。召喚士志望の、ただの陰キャだ」

自虐じみた俺の言い方にリディアは首を傾げて、

「いんきゃ、ってなに。すごいの」

「そこからかよ」

陰キャとはなにか。それを自ら説明しなきゃなんないって、どんな拷問だよ。「俺みたいなやつ」って言えば自虐を重ねることになるので、一応説明してやる。

「陰キャってのはだな。人見知りで内向的でオドオドしてて、性格とか雰囲気が暗い感じのやつのことだ。ちなみに対義語として、パリピ、陽キャ、あとはウェイ系なんてのもある」

おいなんだよこの自己紹介乙感。言ってて虚しくなってきたわ。

しかしリディアは可愛らしく、今度は逆側に首を傾げてみせる。

「なら透は陰キャではない」

「は？　……は？」

なに言ってんのこいつ、と思わず二度見してしまった。

「さっきはじめて話したとき、人見知りだったけど。すこし内向的で、オドオドしてたけど。くらい人だとおもったけど」

「おいこらフォローが始まるのかと期待しちゃっただろうが。なにこの俺フルボッコ」

まさかの全面肯定でさすがに泣きそうになった。

「でもいまは、陰キャじゃなくなった。だからわたしからしてみれば、もう透は陰キャではない」

「……あー、そういうことか。陰キャは身内には平気なやつがわりと多いんだよ」

しばらく話していれば、向こうから声をかけてくるぶんには大丈夫だったりする。

「藤間くん、こっちだとそれほど陰キャな感じしませんし。……学校だと負のオーラ全開ですけど」

「褒めてんのか貶してんのか片方にしてくれよ」

「学校だと存在が暗黒ですよねぇ」

「貶すほうを残すのかよ！　しかもパワーアップして帰ってこないでいいから！」

なんなんだよ存在が暗黒って。……あれ、ちょっとカッコよくね？

「陰キャトークはもういいだろ？　……はあ」

いい加減いやになってきた。無理矢理話を打ち切ってそっぽを向く。

「透、もしもよかったら、これ、つかって」

その声に顔を戻すと、リディアの手には青い水晶のようなものが載っている。ゲーマーの俺には『クリスタル』という名前がすぐ脳裏に浮かんだ。

水晶はキラキラと青く輝いていて眩しいくらいだ。科学の力でなければ、俺が見たことのないような……たとえば、魔力のようなものが宿っていることは間違いない。

「え、なにこれ」

怪訝な顔をする俺に、リディアはそのクリスタルよりも美しい手のひらをずいっと差し出してくる。

アッシマーが顔を近づけてきて、

「リディアさん、なんですかこれ？」

「馬鹿お前、目を悪くするぞ」

とっさにリディアの手とアッシマーの目、その中央に手を翳(かざ)した。

「やっぱり、透にはみえるの。この光が」

「見えるの？　もクソもめっちゃ眩しく光ってるだろうが」

「……藤間くん、なに言ってるんですか？」

……はぁ？　いやだってめっちゃ光ってるじゃん。めっちゃ青く光ってて、部屋まで青くなっててどことなく妖(あや)しい雰囲気を醸(かも)し出してるじゃん。

「……？　リディアさん、この菱形(ひしがた)の石ころ、なんなんですか？」

「はああ？　石ころ？　お前にはこの宝石が石ころに見えるのかよ」

恐(おそ)ろしいことにアッシマーは俺の手をどけて、青い宝石に顔を近づけた。馬鹿お前虫めがねで太陽を見てはいけませんって習わなかったのかよ！　俺も特別習ってないけど！

「アッシマーには光ってみえない。透には光ってみえる。……それも、まぶしいほどに。スキルブックといっしょ」

採取のスキルブックは光って見えたのに、さっき買った加工のスキルブックはたしかに俺には光って見えなかった。……つまりこれは？

アイテムの情報を知るために、青い宝石に手を翳す。


???????

????????????

????????????


「いやわかんないから」

「わたしも見えないです」

「そう」

首をかしげる俺たちにリディアは無感情な声を出して、

「これはコボルトの意思。透、もしよかったらこれ、つかって」

眩しく光る石。それは俺がほしくてたまらない、召喚魔法を覚えるアイテム——モンスターの意思だった。

「えっ、これコボルトの意思ですか⁉　ふわぁ……！　いいんですかっ⁉　藤間くんよかったですねっ。これで召喚魔法が使えますよ！」

まるで自分のことのように、ぴょんぴょんと喜ぶアッシマー。

……え、なに、これ。

誰しもがチートスキルを持ち活躍しているなか、俺はずっと不遇だった。いつか見てろ、なんてとりたてて思わなかったが、無力なのだから仕方ないと諦観もしていた。

それでもやはり、力がほしかった。

俺がアルカディアに来ている理由は、こづかい稼ぎではない。憧れた異世界生活を満喫するためだ。俺の憧景──その景色は、安宿でも採取ぐらしでもない。俺の率いる軍勢が、モンスターの大群を圧倒的な力、そして圧倒的な数で押し、飲み込んでゆく景色だ。

十や百じゃない。千を超える召喚モンスターが、世界さえ飲みこんでゆく光景だ。

リディアの差し出すコボルトの意思──これはその第一歩。

ほしい。喉から手が出るほどほしい。ヨダレが出るほどほしい。

え、なに？　くれるの？　マジ？　超ラッキーじゃん。くれるって言ってるんだぞ？

無料だぞ？　会員登録して一話無料じゃねぇぞ？　これを貰ったら、この召喚モンスターずっと使うぞ？　リディアの手を、俺は。その美しすぎる手に、俺の手が伸びて。

「要らねぇっ…………！」

断腸の思いで引っこめた。

「えっ……」

ふざけんなよ、なんで引っこめるんだよ。これがあればモンスターとも渡り合えるかもしれねぇし、パリピどもに馬鹿にされなくなるかもしれねぇんだぞ。

「どうして」

「えへへ……よかったですねぇ藤間くん……。ほえほえ……。……？　……ってなに拒否してるんですかぁ⁉」

くそっ……！　ほしいっ……！　欲しい、ほしいほしいほしいっ……！

「っ……！　リディアそれ引っこめろ……！　早くっ……！」

顔を背け、ふたたびベッドへ潜り込む。

「うおぁぁぉあああああああああああああああアアアッッ‼」

そして枕を口に咥え、吼えた。アッシマーとリディアには、俺が狂ったように見えるだろう。それもそうだ。狂おしいほど欲しいのだから。

咆哮が終わるのを待ってくれていたのだろう、声がかすれ、枯れた声も出なくなった後、蹲る俺の背中にもう一度声がかけられた。

「どうして」

「違うだろっ……！　こんなの、違うっ……！」

「ふ、藤間くん……？」

アルカディアは世知辛い。毎日食っていくのが精一杯で、昨日今日ようやく採取のコツを掴んだり、スキルを習得したり、……その、アッシマーと出会って、調合とかを駆使して、ようやく利益が出てきて、未来への兆しが見えてきたくらいだ。

この世界には現実世界にはない〝与えられる力〟というものがある。アルカディアに初めて降り立つときに貰える【ユニークスキル】のことだ。チートスキルともいう。

俺は召喚に適性のある【オリュンポス】、アッシマーは非戦闘スキルに適性のある【アトリエ・ド・リュミエール】。

召喚士はとくに序盤が不遇だ。ご存じの通り、モンスターの意思を手に入れるまでは一般人なのだから。

その不遇をも、虫みたいだと、ゴミ拾いだと、ホームレスのようだとパリピどもに馬鹿にされた。

なんだよ。お前らのそれだって、与えられた力だろ？　剣を振って魔法を撃って弓を構えて矢を放って、そういうユニークスキルの効果じゃねぇか。与えられた力のおかげで強くて、どうしてそんなに偉そうなんだよ。

もう一度言う。ユニークスキルとは、なんの努力も労力もなく〝与えられた力〟だ。ようするにチートってやつだ。

「だから、要らねぇっ……！　これ以上俺に与えないでくれ。これ以上与えられたら、いつか力を振るうとき、それは俺の力じゃなくなっちまう……！」

与えられて振るう力は、果たして自身の力と言えるのだろうか。

自分の努力や汗が伴わない、まして才能ですらない力は、もはや力なんて呼べないだろ。

だから、許せない。自分の弱さを捻じ曲げて、自分以外の力だけで強くなることを。

だから、赦せない。生活苦に膝をつき、自分を曲げてまで祁答院を頼ったあの瞬間を。

「でも、透」

ふたたび背中にかかる声。

「この子は、透の召喚モンスターになりたがってる。……ほら、こんなにも」

目を開けば、視線を背けたままでもわかる。アッシマーには見えない青の煌めきが、陰キャの俺には眩しすぎる蒼の輝きが。

「このモンスターの意思は、さっきやっつけたよんたいのコボルトからドロップした」

「……え？」

「透とたたかっていたコボルト。右目をけがしたコボルトがいた。これはそのコボルトからドロップした」

右目を怪我……ってことは、俺を槍で突き殺し、俺が最期(さいご)の力で頭突きをかましたコボルトだよな。

『グルァウ……』

死の間際(まぎわ)、俺にはその呻(うめ)きが「見事だ」と言ったような気がしていた。そのコボルトからドロップした〝意思〟が俺の召喚モンスターになりたがっている？

「透。わたしはふたりにポーションをつくってほしいと依頼(いらい)した。これはその依頼を安全、安心、そして迅速(じんそく)なものにするためのせんこうとうし」

拒絶(きょぜつ)する俺の鎖(くさり)が一本ずつ解(ほど)けてゆく。

与えられてもいい理由を並べられ、ガチャリ、ガチャリと解けてゆく。

「リディア、頼(たの)みがある」

「ん」

リディアはほっとしたように息をつくと、青色の輝きをずいと前に差し伸べる。

……でも、最後の一本、信念という鎖だけは解けない。

「明後日の夜までに貯(た)める。その意思、５シルバーで売ってくれ」

俺が見た限りの最安値。一週間無人市場に通って見つけた、コボルトの意思の底値。

「俺にもわかる。お前が俺と一緒(いっしょ)にいてもいいと思ってくれてるんだって」

俺が話しかけるのは、リディアでもアッシマーでもない。

未(いま)だ青い輝きを放つ、しかし不思議ともう目が眩(くら)まないコボルトの意思だ。

「だから、俺はお前を貰わない」

「どうして」

「なんでそうなるんですかぁぁぁ⁉」

リディアの声もアッシマーの声も耳から耳へ通り過ぎてゆく。

——俺はいま、こいつと会話をしているのだ。現に「貰わない」と言った瞬間、青の輝きがまるで「残念……」とでも言うように翳(かげ)ったのだ。

「俺はお前を貰わない。その代わり、手に入れる。俺は、俺の力で、お前を手に入れる。それまで待っていてほしい」

ふたたびぽわっと光るモンスターの意思。光はどんどん強くなり、部屋の窓から青の光線がエシュメルデの夜を照らすまでに至る。もう部屋は真っ青だ。

「リディア、頼む。コボルトの意思がほしいんじゃない。こいつがほしい。明後日の夜までに5シルバーを貯めてみせる。だからこいつを預かっておいてくれねえか」

リディアはアイスブルーを見開いて、でもそれは一瞬で、いつものぬぼーっとした目に戻る。そして、

「むー。わかった。透がそれでいいなら」

諦めたように、俺が世界一ほしい眩しさを「収納」とだけ言ってかき消した。

「透は、めんどくさい」

「陰キャは基本、面倒くさいんだよ」

「藤間くんは特別面倒くさいですよねぇ……」

「おいこらアッシマーなんつった。ブーメラン刺さってるの気づいてない？」

つーか俺たちゃ生きてんだよ。生きてりゃなにかしら面倒くさいだろ。

陰キャが面倒くさくて何が悪い。

「わたし、そろそろ調合始めますねっ」

「きょうはもうおそいから、薬草だけうってもらってもいい」

「もちろんですっ。あ、そういえば藤間くんっ。【加工LV1】のスキルブックありがとうございましたっ。無事読めて、いまでは成功率が……」

「ぬあぁそういやそんなこともあったか。ついでだついで」

「うわやっぱり面倒くさっ……」

「んだとこの野郎……ってお前、調合しながら喋ってんじゃねえよ！」

《調合結果》

エペ草

ライフハーブ

調合成功率　68％

アトリエ・ド・リュミエール↓×1.1

調合LV2↓×1.2

集中低下↓×0.4

←

←

調合成功率　35％

失敗
素材ロスト

「「「あーーーー…………」」」

…………………………。

「……てへっ☆」

「ざけんなこらヤマシミコ」

「あーっ！　ああーっ！　言いました！　言いましたね!?　人は誰しも失敗する生きものじゃないですか！　もうちょっとあたたかい目で見てくれてもいいじゃないですかぁ！」

「立派なことを偉そうに言ってんじゃねぇ！　なんだこの『集中低下↓×0.4』って！」

「ほ、ほら、ヒロインってちょっとドジなほうが可愛いじゃないですかー☆」

「お前、よくリディアの隣でヒロインなんて言えるよな……ガチ尊敬するわ。ところでそろそろゲロ吐きそうだからそのあざといのやめてくれ……」

「急にクールダウンして真面目に言うのやめてもらえませんか!?　言いかたで倍傷つく！」

俺たちが口角飛沫の言い合いをしていると、

「……ぷっ……あはっ……あははは っ……」

「「え……？」」

リディアがこらえていた感情を爆発させるように、笑った。

「ごめん。……ぷっ……ふふっ……」

美しすぎるパーツにぬぼっとした無表情のリディアが笑った。失礼だが、ちゃんと笑えるんだな、と思った。口を開けて笑う姿も、顔を隠して笑いをこらえる姿も、ありえないほど可愛い。

「はわわわわ……ヒロインとか言ってごめんなさいぃ……わたしなんてやっぱり、モブが飼育してる家畜の糞でしたぁ……」

「すげぇ、ヒロインから糞ってすげぇ転落だな。いくらなんでもそんなに自虐しなくてもいいだろ」

「ふ、藤間くんっ……」

陰キャは陰キャを知る。自虐ネタで欲しいものは、同族のみわかるクスりとした笑いか、そんなことないよ、というフォローだ。

「せめてモブの家畜までで止めとけ」

「フォローするならせめてモブくらいまでちゃんとフォローしてくださいよ！」

「あはっ……あはははっ……」

モブとかヒロインとか、リディアには意味なんてわからないだろうに、きっとアッシマーの勢いだけでリディアは笑っている。どうやらツボに入ったようだ。

ふと窓を見やると、エシュメルデの闇を照らすマナフライたちが、この部屋の窓に集まっている。窓をコンコンと軽く叩くと、一斉にぽうっとあたたかく灯ってから、ふらふらと飛び立っていった。

悪いことしたかな……と、ごまかすように窓を開けると、涼風とともに、斜め向かいの店を閉めたらしいココナさんの声が外から入ってきた。

「おにーちゃんにゃ！」

「あんちゃん、どうしたんだい？」

近場であるにもかかわらず迎えに行ったのだろう、子煩悩な女将の姿もある。

「どうしたって……べつになんもねえけど」

夜のしじまは、俺の呟きをも向かいのふたりに届けてしまう。

「そうにゃん？　……でも、おにーちゃん、とっても楽しそうにゃ」

そう言われ、もしかして俺の顔はにやけていたのだろうかと、両手で顔を覆う。

「ほんとにね。いっつもこの世の終わりみたいな顔をしてるのにね」

「ほっといてくださいよ……」

この世の終わりってどんな顔だよ。

……まあ、俺の呟きが届いたってことはきっと、いまだにぎゃあぎゃあ言っているアッシマーの声と、アッシマーがなにかを口にするたびに笑うリディアの声が向こうまで届いていて、ふたりは楽しそうと感じただけだろう。

……うん、きっとそう。

飛び立ったマナフライは散り散りになって、月明かりだけでは足りないとでもいうように、エシュメルデを灯して飛び回る。

どいつもこいつも、おせっかいなんだよ。

月を見上げて、空に目をやって、女将とココナに軽く頭を下げて窓を閉める。

振り返ると、ふたりの笑顔が相変わらず、すこし寒くなった部屋内を灯していた。

二章　藤間透が最低で何が悪い

1　この革袋に詰まった砂の半分は

あー……。学校爆発してねぇかな。

朝、布団のなか。どうしようもない自分の独りごとで目が覚めた。

頭に手をやると、寝ぼけた頭でも寝癖がひどいことがわかる。これ、跳ねすぎでしょ。

枕元にある携帯端末――ギアを手に取って、名残惜しみながら布団を抜け出した。

スティックパン（さつまいも）をはぐはぐしながら制服に着替え、ぱっさぱさになった口内を一度ゆすいでから歯ブラシを突っこむ。

「んあー……」

……歯磨き粉つけ忘れた。

「お、おはよう……」

「…………おう」

通学路。学校まであと五分というういつもの場所で、灯里伶奈と遭遇した。俺の素っ気ない返事にも灯里は顔を明るくして、やはり俺の足音についてくる。

出くわすのがいやなら、時間をずらせばいいのに——そういうふうに考える諸兄もおられるのではないだろうか。

しかし駄目。なぜなら俺は朝が致命的に弱い。そんな状態だから灯里のことなんて脳内にないし、そもそも脳内に灯里がいたとして、俺が時間をずらさなければいけないというのも癪だ。……こんなだから陰キャなんだよなぁ……。

「藤間くん、いいことあった……？」

「……は？　ないけど。なんで」

「なんとなくそんな気がしたから」

なんだよなんとなくって。それって適当すぎない？

訝る俺に、灯里は数歩足を速めて横並びになる。こいつなにやってんの？

俺の胡乱げな視線をものともせず、灯里は「えへへ……」とはにかんでみせた。

角を右に曲がる。左にいた灯里は俺よりほんの少しだけ大回りして、ふたたび俺の左に並んだ。

面倒くせぇ……。足を速めて灯里の前に移動する。

「ぁ……」

灯里は察して俺の右に並んだ。

「私……歩道側、譲ってもらうの、はじめて……。うれしい、な。えへへ……」

灯里の弱々しい声は、ほんの少しの熱を帯びて春空へ溶けてゆく。

恥じらいながら両手で持ったカバンも、楚々とした黒髪も、ほんのりと朱に染まった顔も、いじらしい言葉も、男を惑わすにはじゅうぶんな要素を内包している。

だが言ったろ？　相手は選べって。俺はもう、そんな期待はしない。

「…………」

「…………」

言葉なんてない。かけてやる言葉もなければ、かけてもらう言葉もいらない。

通学路。ただ同じ目的地だから、ただ同じ道を歩むだけ。そこにはなんの感情もない。

「……なあ」

「は、はいっ！」

ないのに、面倒くさがりの性格が口を開かせる。俺から声をかけられたのがよほど意外だったのか、灯里の声が裏返った。

「こんなこと頼めた義理はねえんだが……ん……やっぱいいわ」

本当に頼めた義理なんてねぇ。いくら面倒で、灯里のほうがまだマシだろうと思っていても、こいつらから見れば俺は虫螻（むしけら）。キモくてゴミ拾いをする虫螻だもんな。

「えっ、なに？　私にできることならなんでもするから教えて？」

ん？　今なんでもするって言ったよね？　……そんなネットスラングを返しかけて、通じるのはアッシマーくらいしかいないだろうと勝手に思い、口を噤（つぐ）んだ。

「……」

横並びで歩きながら、楚々と俺を見る灯里。なんで俺は喋っちまったのか。やっぱり口は災（わざわ）いの元だな、とため息をついて、

「祁答院（けどういん）。クラスについたら、あいつを呼んでくれねえか」

「祁答院くん？　祁答院くんを藤間くんの席に呼べばいいんだよね？　うん、わかった」

自分で呼べば事足りるのに、どうしてわざわざ灯里に頼むのか。

祁答院の周りにいるイケメンBとCが鬱陶（うっとう）しいこともあるが、やはりこの沈黙（ちんもく）が耐（た）え難（がた）かったのかもしれない。

だってしょうがないだろ、陰キャなんだから。陰キャってのは、気をつかいすぎるきら

いがあるんだよ。

「もしかして、それだけ？」

「あ？　……お、おう」

「えぇー……」

なんだか勝手に残念がられた。

まるでボス戦に備えてせっかくレベルも装備も属性も合わせたのに、ボタン連打で瞬殺（しゅんさつ）だったときのような声。だめだ、この例えがすでに陰キャだわ。

「伶奈ー！　おはよ……ってあちゃー」

背中から灯里にかけられる声。クソゲロビッチだ。

なんだよそのあちゃーって。俺がいたらそんなにいやかよ。

「おはよう亜沙美（あさみ）ちゃん」

「ご、ごめん伶奈、邪魔（じゃま）するつもりじゃ」

「亜沙美ちゃんちょっと……！　しー……！」

灯里は二歩ぶん待ち、亜沙美ちゃんというらしいクソゲロビッチに並びを揃（そろ）える。

つーかちょっといい？　しー……！　とか言ってるけどさ。

声は口から前に出るの。耳は後ろの声を拾うの。だからお前らがこそこそしてる話、モロ俺に聞こえてるからね？　聴かなくても聞こえてるからね？

しかしまあ、残念だったな。こそこそしなくても、俺にはとっくにバレてるんだよ。

ようするに、灯里伶奈を使って、俺がドギマギしてるところを写真にでも収めるつもりだったんだろ？

もうすこし、ってところでビッチが声をかけてしまい、それを〝邪魔〟してしまったってわけだ。

灯里の反応は『しー……！　計画がバレちゃうから！』といったところだ。

馬鹿ども。そんな安っぽい罠は俺に通用しねえんだよ。


「やあ、藤間くんおはよう。伶奈から聞いたよ。どうしたんだい？」

教室に着いて二分。キラキラオーラを撒き散らしながら、祁答院が俺の席にやってきた。

その後ろには灯里と、なぜか亜沙美ちゃんという名の金髪ビッチの姿もある。

「悪い、呼び出して。本当なら俺が行くべきなんだが、お互い無駄にストレスを溜めたくはないしな」

祁答院はすこし困ったような顔になった。イケメンBとCのことだとすぐに理解したのだろう。しかしすぐ苦笑に変え、

「かまわないよ。……俺もなんとかしたいと思ってるんだけど、なかなかね。今日は彼らのことかい？」

「違う。……以前アルカディアで、モンスターの意思を探してるって言ってただろ？」

「うん。……ごめん、まだ見つかっていないんだ」

「いや、あれもういいから。悪いな。考えることも多いだろうに、気をつかわせちまって」

彼らが実際気をつかったのかどうかはわからない。しかし俺は心で膝を折り、祁答院に頼んだことは事実なのだ。

「そうだったのか。良かったじゃないか藤間くん……！　手に入ったのかい？」

「え……。あの、それはまだ……っスけど」

え、ちょっとなにこれ予想外。

祁答院悠真はまるで自分のことのように喜んでいる。……え、なんで？

つーか思わず敬語になっちゃっただろ!?　陰キャはこういうのに弱いんだって！　苦手属性くらい覚えとけ！

「まだ？」

「あー……。その、売ってもらえることになった。だからもう大丈夫だ」

昨日リディアと約束した。明後日までに5シルバーを集めて〝あの〟コボルトの意思を手に入れると。

俺からすれば兆し。どうしてもほしいものが5シルバーという底値で手に入るのだから。

「藤間くん、訊いてもいい？」

祁答院の後ろにいた灯里が控えめな声で問うてくる。

「もらうんじゃなくて、買うの？……いくらで？」

え、あれ？　なんだよこの空気。なんでお前らが困ったような顔をしてるんだよ。

「5シルバー」

「高っ……。あんた、それぼったくられてんじゃないの？」

灯里の隣にいた金髪ビッチまで口を出してきた。そのせいで変な声を出してしまう。

「あ、その、こ、これでも底値なんだよ。市場を見た感じ、5シルバーちょっとから8シルバーで売られてるからな」

「ふーん……そーなん？　5シルバーっつったら、新しい装備一式買えるくらいの金じゃん……」

ビッチの疑いを含んだような低い声と同時にチャイムが鳴り「じゃあまたあとで」と三人が離れていく。

助かった。これ以上のパリピとの会話は俺には無理だ。三人の誰も気がついてないみたいだけど、知ってる？　この席めっちゃ注目されてるからね？　クラスの耳目を集めてるからね？　つーか「またあとで」ってなんなの？　話は終わっただろ？

いったいなんなんだよ。アルカディアでの夜、俺たちは壊滅的に決裂したはずだろ？　なんで毎朝ついてくるんだよ。いまの会話は祁答院を呼んだ俺が悪いが、なんか普通に喋ってていったいなんなの？

悶々としつつ、なんとなく全員が席につくのを眺めていたら、灯里の後ろの席に座るアッシマーがじっとこちらを見ていて、目が合うと「ふにゃー」と破顔させて手を振ってきた。

馬鹿お前そういうのやめろよと手の甲で追い払うと、灯里伶奈が「えっ？　えっ？」と俺とアッシマーに視線を泳がせた。

◆　◆　◆

とまり木の翡翠亭。

目が覚めたとき、ふたつのベッドに挟まれた窓際にあるステータスモノリスの前で、やはりアッシマーが鼻歌を歌っていた。

「ふんふんふーん♪」

……むしろ鼻歌に起こされた。

一度寝返りをして、うるせえなと抗議アピールをしてみるが、歌声がやむ気配はない。

べつに音痴な感じはしない。むしろ上手いほうだと思う。曲名なんてわからないが、不自然な音のズレは感じられないし、伸びやかなビブラートなんかは聴いていて心地よいくらいだ。

睡眠を邪魔するものは何人たりとも許さん、という俺の身勝手だ。あれ、でもこの歌、なんだか気持ちいい。

「ふんふんふんふーん♪」

これは子守唄だ。そう思うことで、俺は再び優しい睡魔に……

「ふんふふーん♪　にゃんにゃにゃんにゃーん♪」

「いややっぱり許せんわ。ふざけんなこの野郎」

勢いよく半身を起こすと、アッシマーは「はわっ」と声をあげ、俺と距離をとった。そうしてから元の位置に戻り、

「おはようございますっ」

「んお……おー……おはようさん」

まだ眠(ねむ)い目をこすり、ぽけーっとした頭をひとつ掻(か)いて、

「お前そこにいるの好きな……。いったい何を眺めてんだ?」

「スキルですっ。どんどん充実(じゅうじつ)していくスキルを見るのは楽しいですっ」

「……そうか、よかったな」

「はいっ」

立ち上がると、アッシマーがステータスモノリスの前を空けて「どうぞっ」と両手で勧(すす)めてくる。レベルなんて上がっているはずもないが、アッシマーがめっちゃ期待したような目で見てくるので、仕方なく前に立ち、手を翳(かざ)した。

藤間透
LV　1/5　☆転生数0
EXP　0/7
▼
HP　10/10　防具HP1
SP　10/10

ＭＰ　10／10

▼――ユニークスキル

オリュンポス　ＬＶ1

　召喚魔法に大きな適性を得る。

▼――パッシブスキル

――ＬＶ2――

採取

――ＬＶ1――

器用

▼――装備

コモンステッキ　ＡＴＫ1.00

ボロギレ（上）

ボロギレ（下）

採取用手袋ＬＶ1

コモンブーツ　ＤＥＦ0.10 ＨＰ1

――

変わったこととといえば、パッシブスキルに【採取ＬＶ２】と【器用ＬＶ１】が加わったことと、装備にコモンブーツが復活したことくらいだ。一週間くらい前にコボルトに殺されたとき、コモンブーツをロストしてるからね。ファッキン。

「ふむふむ……藤間くんはやっぱり召喚士さんなんですねぇ……。って……」

アッシマーが急にしょんぼりしだす。

「なんだよ」

「いえ……その、やっぱりわたしのほうがお金を使ってもらっているので……申しわけないな、と」

今度はアッシマーがうつむきながら手を伸ばした。

足柄山沁子
LV　1／5　☆転生数0
EXP　0／7
▼

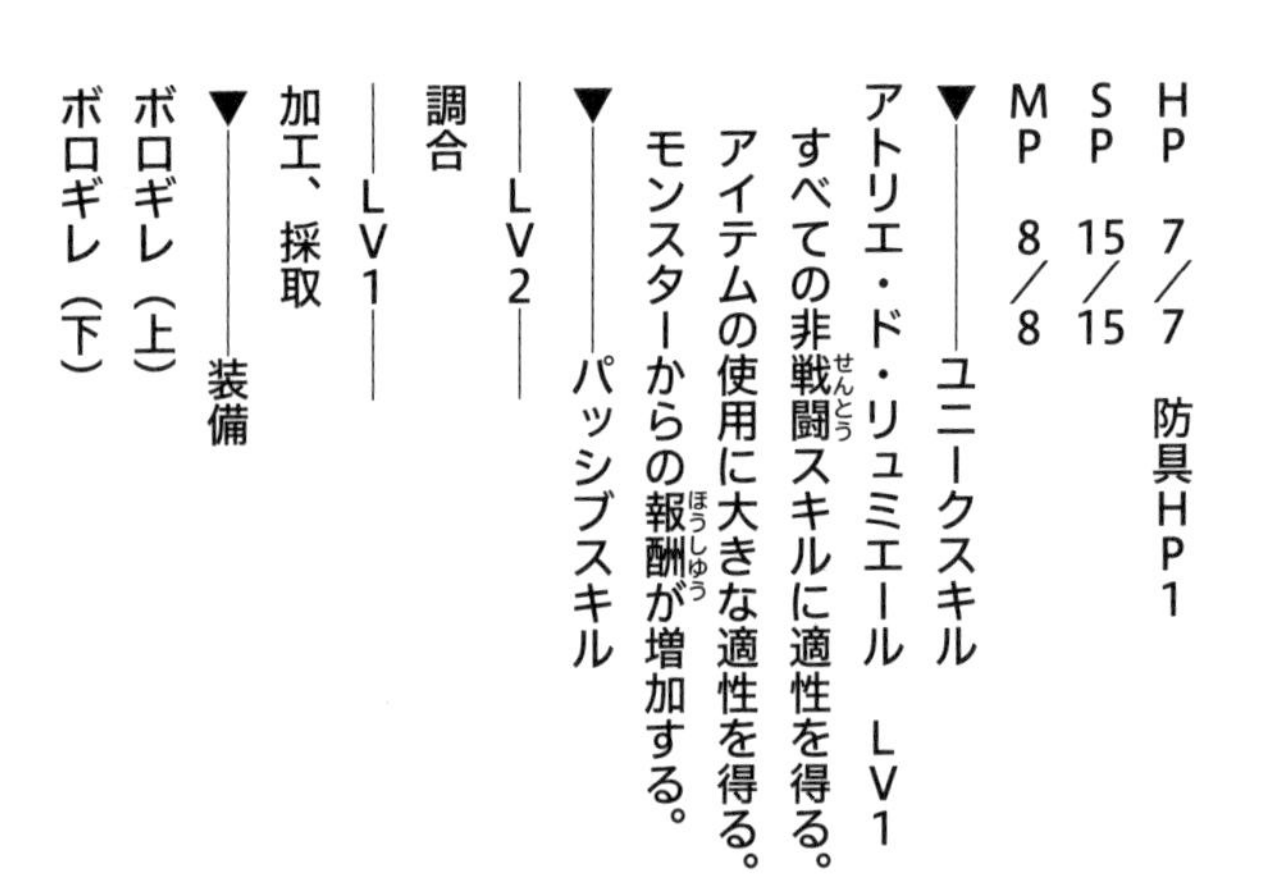

HP　7／7　防具HP1
SP　15／15
MP　8／8
▼———ユニークスキル
アトリエ・ド・リュミエール　LV1
すべての非戦闘スキルに適性を得る。
アイテムの使用に大きな適性を得る。
モンスターからの報酬が増加する。
▼———パッシブスキル
——LV2——
調合
——LV1——
加工、採取
▼———装備
ボロギレ（上）
ボロギレ（下）

調合用手袋ＬＶ１
コモンブーツ　ＤＥＦ0.10 ＨＰ1

ああなるほど、俺はＬＶ１とＬＶ２のスキルがひとつずつ、アッシマーはＬＶ１のスキルがふたつとＬＶ２のスキルがひとつ。30カッパーぶんをアッシマーに多く使っていることが気になったようだ。

「そのほうが効率がいいからそうしてるだけだ。だいたい、金の使いかたは俺に任せるって言ったの、お前じゃねぇか」

「そうですけど……。なんと申しますかですね。わたしはですね。藤間くんのほうが頑張ってるのに、わたしのほうが優先されているのがつらいのですっ」

「なにその話しかた。……いいんだよ、これで。それに俺は俺のほうが頑張ってるなんて思ったこと、ないから」

「本当ですかぁ……？」

モンスターハンティング――通称モ〇ハンのオトモ〇イルーを解雇しようとしたときのような「捨てないでくださいぃぃぃ……」という目で俺を見上げてくる。

「嘘ついてどうすんだよ。……歯ぁ磨いてくるわ」

アッシマーに背を向けて部屋を出る。

正直なところ、俺は焦っていた。

エペ草とライフハーブを調合すると、薬草になる。

薬草とオルフェのビンを調合すると、薬湯になる。

出来上がった薬湯とマンドレイクを調合すると、ようやくリディアの求めるマイナーヒーリングポーションになる。

一般的な価格でいえば、エペ草が5カッパー、ライフハーブが7カッパー。

オルフェのビンの材料であるオルフェの砂は単体では売り物にならず、0カッパー。

危険が伴うため、俺たちはまだマンドレイクを採取することができない。なので、薬湯までつくった段階でリディアに渡している。

リディアは薬湯を24カッパーで買ってくれるという。マンドレイクの採取とマイナーヒーリングポーションへの調合はやむなくリディア自らが行なうらしい。

つまり俺が採取して集めた素材……薬湯へ至るための原材料の価値、その合計は12カッパー。薬湯の売値が24カッパー。……この時点で俺とアッシマーのパワーバランスは均衡。

……あくまでアッシマーが調合、加工、錬金とすべて成功すればの話だが。

そして一番の問題は、俺は採取しかできないが、アッシマーは調合、錬金、加工をこなしていて、さらに俺と一緒に採取をするときもあるということだ。この時点でパワーバランス……天秤はアッシマーに傾く。

……あれ？　むしろ捨てられるの俺じゃね？

つるっつるになった口内とはうらはらに、胸の裡はすっきりすることなく、不安がねっとりとこびりついていた。

生活費の2シルバーを除いた俺たちの資金は1シルバー86カッパー。

「つーか服ほしいよな」

「うっ……。同感ですが、これ以上の施しを受けるわけにはっ」

俺たちはアルカディア生活を一週間以上続けているが、いまだボロギレ。俺はともかくアッシマーが哀れでならない。ちょっと屈んだだけで深い谷間がボローン！　ってなるからね。

「言っとくが施しじゃねえからな」

「そうではなくても、わたしたちにそんなお買い物をする余裕なんてないですっ。明後日までに5シルバー貯めないとっ」

「わかってる。わかってるけど」

「待ってください、言わないでいいですから、その先は言わないでくださいっ」

「正直このボロギレずっと着てるし、臭うよな」

「あーっ、ああーっ！　言いました！　言いましたね!?　女の子に臭うって言いましたね!?　言っておきますが藤間くんだって結構臭いますからね!?」

「いや俺、お前だけ臭いって言ってないよな。大丈夫、ちゃんと自分も臭いから」

「男女差別ですよ!?　考えてみてください、臭い男子と臭い女子、どっちがいやか！　そして臭いと言われたとき、男子と女子どちらのダメージが大きいか！」

「女子だな。臭い女子とかありえん」

「なにバ○キルトかけてダメージブーストしてるんですか!?　ふぇっ……ふぇぇぇーん……」


――というわけで防具屋にやってきた。

店に入った瞬間、店主と他の客から「うっわ乞食みたいなやつらがきた」とでも言いたげな視線を浴びる。ごめん、臭いのもあと数分だから。

コモンシャツ　30カッパー
DEF0.20 HP2
安物の素材でつくった簡素な服。
まずはここから。

コモンパンツ　30カッパー
DEF0.10 HP2
安物の素材でつくった簡素なズボン。
まずはここから。

「はわわわわ……2セット買えば1シルバー20カッパーですよ藤間くん……」

「大丈夫だ。この出費は痛いが寝苦(ねぐる)しいよりいい」

「寝苦しいほど臭(にお)いますか!?　それわたしですか!?　それとも藤間くんのことですか!?」

「…………」

「あのちょっともしもーし？　そこで無言はやめてくださいぃぃぃぃ！」

結局買った。1シルバー20カッパー使った。1シルバー86カッパーのうち、1シルバー20カッパーも使った。

さすがに往来で着替えることもできず、一度宿に戻り、アッシマーは部屋内、俺は誰もいないことを確認し、廊下で着替えた。

「うっわくっせぇ……」

脱ぎ捨てたボロギレは、生ゴミと汗が混ざったような、凄まじい悪臭を放っていた。

「アッシマー、俺、宿の裏でこれ洗ってくるから。着替えたらお前も持ってこいよ」

「はいっ」という返事を背中で聞き、一旦101号室——女将の部屋をノックする。

「水をすこし使っていいすか」

「なにに使うんだい？」

扉は開かぬまま、女将の声だけが帰ってきた。ラッキー。機嫌は悪くなさそうだ。

「服を買ったんで、前の服……っつーかボロギレを洗いたいんですけど」

「ああ、ついに買ったのかい。そういうことなら構わないよ。でも無駄遣いはするんじゃないよ」

外へ出て、裏口へ。

この世界では、地下水が通っていない。だから、水は『魔石』から得るのだ。

水の魔石
HP91／100

水の魔石は昨日見たコボルトの意思のように菱形をしている。ただこちらはあんなにも光っていないし、何より安っぽい。宝石とプラスチックくらい違う。

「水、出ろ」

菱形にそう声をかけると、菱形の底から備えつけの桶に向かって水が注がれる。HPが3ほど減ったところで「止まれ」と発声すると、その通り水は止まった。

溜まった水でボロギレをじゃぶじゃぶ洗う。……うっわ、水がもう茶色い……。

女将には悪いが、一度水を流し、もう一度透明な水を張ってから薬草との調合で余ったエペ草を投入し、洗濯板でごしごしと擦る。

エペ草には擦ると泡が出る石鹸のような効果があり、この世界では洗剤として重宝されている。エペ草をメインで採取していた俺たちがなぜこうなるまで洗濯しなかったのか？

簡単だ。ボロギレ上下一対しか服を持っていなかったからだ。ようするに洗っているあいだ、そして乾くまでのあいだ、俺は裸。俺は上半身ぶんだけは二回ほど洗ったことがあるが、下は無理。洗った瞬間俺はR18へ追放だ。アッシマーなんて上半身だけでもR18へジャンル変更だ。

……しかし、ぶっちゃけ困った。下半身がスースーする。

というのも、このコモンパンツ、パンツという名前だが茶色の短パンだ。

いやわかってる。服屋でパンツといえばトランクスやボクサーパンツのことじゃないのはさすがに俺でもわかってる。

まあなにが言いたいのかというと、俺いまノーパンなんだよね。コモンパンツ、なんかボロギレと材質が違ってスースーするんだよね。

あー気になる。でもしょうがない。ごしごし。ごしごし。

「お待たせしましたぁ」

そんな声が聞こえ、ボロギレを洗いながら振り返る。

――そして慌てて顔を戻した。

「ふぇ？　どうしたんですか？」

俺の不自然な様子に、アッシマーが近づいて、俺が逸らした視線のほうに回りこんでくる。

「うおっ……まて、まてまてっ。……いてえっ⁉」

また慌てて顔を背(そむ)ける。勢いがありすぎて首が痛かった。

「藤間くん？」

全然わかってない。こいつやばい。まあ部屋に鏡がないもんな。仕方ないかな。

やべぇ。なにがやべえって、主に胸。むしろ胸しかやばくないけど。

茶色のコモンシャツ、その胸部の盛り上がり。そしてぎっしりと肉が詰まっているのだろう、シャツの胸元(むなもと)は左右に引っ張られてぱつんぱつんだ。

そしてまあ、俺もそうなんだから仕方ないんだけど、そのですね、先っちょがですね。ちょこんと飛び出てるんですよね。そうだよね。俺も下半身がスースーしてるってことは、こいつも下着なんてつけてないよね。

……さて、ここで思い出してほしい。アッシマー・右乳首陥没(クロニクル)説を。いや待って。俺がいま見たのはどっちの乳首(ちくび)だった？　右？　左？　向かって右？　向かって左？

いや、とんがってたのは確実なんだよ。だから両乳首陥没(パーフェクト・クライム)ではないことはたしかだ。

「あの……わたし、なにか変でしたかっ？」

どっちか思い出せって俺。右？　左？　ボロギレをごしごしして、声をかけられて、こう振り向いて、一瞬(いっしゅん)だけどしっかり見ただろ俺。ちゃんと思い出せって。

……………………。

うっわ駄目だ。ただただでかかったことしか思い出せない。

めちゃくちゃぼよよーんって突き出てたことと、左右に引っ張られてこう、服の中央に何本か横線が入っていたことしか思い出せない。なにやってんだ俺！

でもでもだってしょうがないだろ⁉　エリート童貞ウォリアーエターナルの俺からしてみればしょうがないって！　だってそんな経験もない高一だぞ？　まずは大きさに目がいくだろ？　サイズだろ！　サイズより乳首に興味が向くのは経験者だけだって！

「うぅ……藤間くん、なんか変ですよぅ……」

あ、なんだ。見ればいいじゃん。

まずはアッシマーの足下に視線を落とす。そして顔を合わせるために視線を上げてゆく、その道中でさりげなく見るっ！

コモンブーツ。足首。膝。

太もも。……あれ、思ったより太くない。腹。……あれ？　思ったより太くない。

ボヨヨーン！　ボヨヨーン！

顔。……えっ？

なんの変哲もないアッシマーの顔。いつものアッシマー。さして高くもない鼻。特別みずみずしくもなさそうな唇。やや平べったい顔に似合わぬ深い二重の大きな目はすこし潤んでいる。

「うぅ……今日は藤間くんがおかしいですぅ……」

……う……。

どっ、どっ、どっ、どっ……。

もう先端がどうだったかとか飛んでいた。ぶっちゃけまた大きさに目がいって、先っちょに意識が向かなかった。

でも、俺の胸を高鳴らせているのは。

「藤間くん……」

じっくり顔を見るのなんて久しぶりだけど、アッシマーって、こんなに。

……こんなに。

こんなに、かわいかったっけ……？

「うお、おう」

「はぁ……やっと返事してくれましたぁ……。わたしも洗っていいですか？」

「や、だめ。いまちょっと待ってくれ。もうすぐ終わるから」

「むぅ……やっぱりなーんか変なんですよねぇ……。なんだかキョドってるといいますか。

なにか隠してるんじゃ？　………あ」

アッシマーの胸を確認するために作業を中断して立ち上がったため、俺たちはいま向かいあっている。

正面に立つアッシマーの視線が、俺の顔よりもかなり低い位置で止まった。

ほら、アレだ。男子ならわかるだろ？　朝しばらく大きくなってるアレだよ。これだけおっぱいおっぱい考えてたらこうなるって。

恥じらいのあるヒロインなら「きゃっ……！」なんて真っ赤になった顔を背けるだろう。金髪ツインテヒロインなら「こんの……変態っ！」なんて言って、俺の頬に真っ赤な椛を残すだろう。

もう、どちらでもしょうがないと思った。でもこいつはアッシマーだった。

「もうっ、だめですよーっ。ポケットのなかにホモモ草を隠したら。……あれっ？　こんなに硬いでしたっけ？　それにとても熱いです」

アッシマーは真っ赤にならず、俺の頬に真っ赤な椛を残さず、しかし俺の全身を真っ赤にした。

これはおかしいぞとアッシマーも気づいたのだろう。

「これ、まさか……」と両手で俺のホモモ草をコモンパンツ越しに握ったまま、泣きそう

な顔をついに真っ赤にして、

「えくすかりばあぁぁーーーーーーーーーーーーーーーーっっ‼」

一気に赤くなった顔を両手で押さえながら走り去ってしまった。

うっわ……後ろからでもだっぽんだっぽん揺れてるのが見える……。

その後、アッシマーのノーブラに気づいた女将が「金のないうちは、ブラの代わりにこれを巻いとくんだよ」と、ボロギレを一枚恵んでくれた。

コモンシャツの下に巻かれたボロギレのせいで右乳首陥没疑惑を暴くことはできなくなり、頂いたボロギレはサラシのように巻いているため、パッと見さっきほど大きく見えなくなった。これで安心である。

………はて、俺はいったい何が安心だというのか。

俺がアッシマーといても胸を気にしないで済むから？

……それとも、他人に、アッシマーのあの姿を見せたくなかったのか。

そんなわけ、ないだろ。だいたい、だったらなんだっていうのか。

意味不明な安堵。そして、二次元以外ではじめてもよおした劣情。

俺は首を傾げながら、今のやり取りを忘れようとでもするように桶の水に両手を浸した。

とまり木の翡翠亭。２０１号室の窓先に、ふたりぶんのボロギレが仲良く干されている。

俺たちは忘れることにした。

アッシマーが俺のホモモ草をがっつり握ったことも、そもそもどうして俺のホモモ草が元気だったのかも。

「……」

でもアッシマーがたまに俺の下腹部に目をやり、すぐ逸らすようになった。このすけべ。

「残り66カッパーか。どうすっかな」

「5シルバーまではまだまだですっ。頑張りましょうねっ」

俺は明日の夜までに5シルバーを貯め、リディアからコボルトの意思を購入（こうにゅう）すると約束した。だからあと4シルバー34カッパーを貯めなければいけない。

「アッシマー、調合とか加工とかしなきゃならないものは残ってるか？」

「いえっ、昨日全部終わらせちゃいました。残ってる素材はエペ草が二枚、オルフェのビンが九本、あとは、そのぅ……ほ、ホモモ草が二本です……」

いやお前忘れようって言ったのに、ホモモ草で顔を赤らめるのやめてね。

「ならふたりで採取だな。行くぞ」

「はいですっ！　……ふぇ？　藤間くん、どうして6カッパーだけ置いていくんですか？

全部預けたほうが……」

「スキルブックを買っていくからな。あとあざといのやめろ」

「えぇえっ、お金、使っちゃうんですかぁ⁉　使っても目標の5シルバー、大丈夫なんですか⁉」

「目標から一歩遠のいても、走る速度が上がるならそっちのほうがいいだろ」

アッシマーは「藤間くんがそういうなら……」と納得してくれた。俺の「あざといのやめろ」という声はもはや無視である。


「おはよーだにゃん♪」

「おはようごにゃいます☆」

「……スキルモノリスを見せてくれ」

宿向かいのスキルブックショップ。無視するなら、もうなにを言っても無駄だ。殴りたいような気持ちを押し込めて石板にタッチした。

藤間透　60カッパー

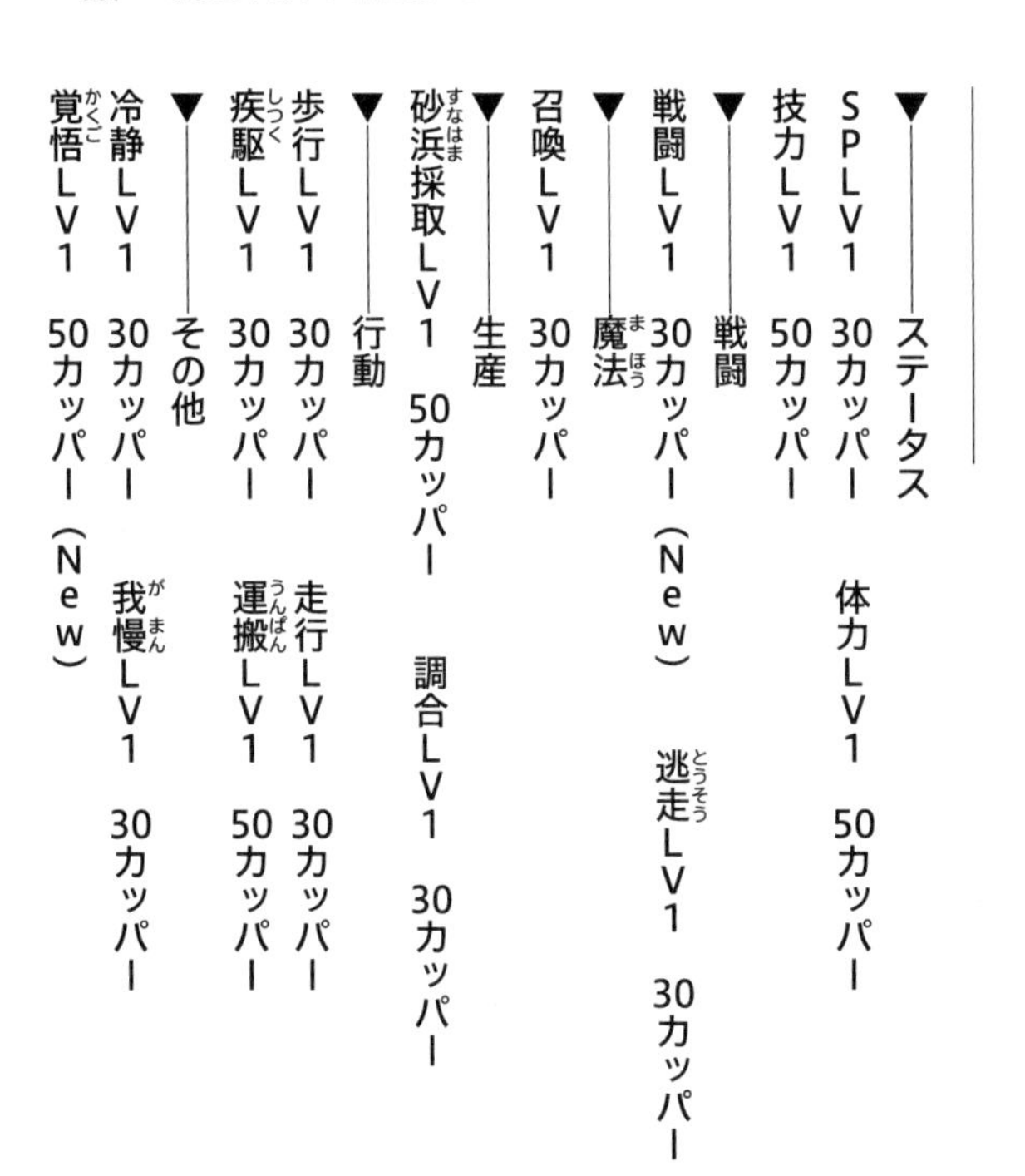

▼ステータス

ＳＰＬＶ１　30カッパー　体力ＬＶ１　50カッパー

技力ＬＶ１　50カッパー

▼戦闘

戦闘ＬＶ１　30カッパー（Ｎｅｗ）　逃走ＬＶ１　30カッパー

▼魔法

召喚ＬＶ１　30カッパー

▼生産

砂浜採取ＬＶ１　50カッパー　調合ＬＶ１　30カッパー

▼行動

歩行ＬＶ１　30カッパー　走行ＬＶ１　30カッパー

疾駆ＬＶ１　30カッパー　運搬ＬＶ１　50カッパー

▼その他

冷静ＬＶ１　30カッパー　我慢ＬＶ１　30カッパー

覚悟ＬＶ１　50カッパー（Ｎｅｗ）

今度は【戦闘ＬＶ１】と【覚悟ＬＶ１】が生えた。どう考えてもあのコボルトとのやり取りのおかげというか、あれのせいだ。

「はわわわわ……」

「どうした」

「あ、いえ、なんでもっ」

アッシマーは一生懸命自分のスキルモノリスを俺の視線から隠そうとするが、もうがっつり見ちゃったよ。それを知ってか、アッシマーは諦めたようにため息をついて、自分の石板を俺に差し出した。

足柄山沁子　0カッパー

▼――ステータス

HPLV1　30カッパー　SPLV1　30カッパー（New）

▼――――――戦闘
逃走ＬＶ１　30カッパー　防御（ぼうぎょ）ＬＶ１　30カッパー
▼――――――生産
調合ＬＶ３　１シルバー20カッパー（ＵＰ）　錬金ＬＶ１　30カッパー（Ｎｅｗ）
加工ＬＶ２　60カッパー（ＵＰ）
▼――――――行動
歩行ＬＶ１　30カッパー　走行ＬＶ１　30カッパー（Ｎｅｗ）
▼――――――その他
勇気ＬＶ１　30カッパー　我慢ＬＶ１　30カッパー
○幸運ＬＶ１　１シルバー

「おー、生産スキルがめっちゃ増えてるじゃねえか」

「あの……藤間くん、わたしのスキルは買わなくていいですからね？」

ああ、だからアッシマーはスキルモノリスを隠していたのか。ポーション作成に必要なスキルが増えていたから、俺がアッシマーを優先しないようにと。

「ところでココナさん、そいつは？」

俺は猫耳な彼女の隣に似つかわしくない、大きく無骨な石の人形を指さした。

「うにゃ？　これはストーンゴーレムの『ゴレグリウス』だにゃー♪」

「なにその名前……」

身長は2メートルくらいだろうか。四角い石を組み合わせたような灰色の外見。顔には目の位置に深い穴がふたつ空いていて、時折その『両目』の奥が光る。

ゴレグリウスは鈍重な動きでこちらにぺこり……と頭を下げた。なんだこいつ、名前は超強そうだけど、ちょっとかわいい。

「ココにゃんはあとでママと狩りに行くにゃん。ゴレグリウスは店番のプロだにゃーん♪」

「ええ……？」

どうみてもココナさんが戦闘するよりもゴレグリウスが闘ったほうが強そうなんだけど。

もしかしたらココナさんもリディアと同じく魔法使いなのかもしれない。

「ゴレグリウスがいれば安心にゃ。泥棒はゴレグリウスに食べられちゃうにゃん」

なにそれこっわ。ゴレグリウスに食われた泥棒はこう思うのだろうか。

『＊いしのなかにいる＊』……と。

結局【逃走ＬＶ１】のスキルブックを俺とアッシマーのふたりぶん購入し、商業都市エシュメルデの南門を抜けた。

現在午前九時。今日は十二時にリディアが宿を訪れることになっている。だからそれまでには採取と調合をやってしまわねえとな。できることなら薬湯まで調合して売りたい。

「アッシマーはエペ草な。俺はそっちでライフハーブをとってるから」

「はいですっ！」

さて……やりますか。

《採取結果》

34回

採取LV2→×1.2

←

40ポイント

判定→C

ライフハーブ×3を獲得(かくとく)

「よっしゃ……！　はっ……！　はあっ……！」

九回目にしてついに出た判定C。オルフェの砂ではいとも簡単に出て、エペ草では安定してきたC判定が、ライフハーブではこんなにも難しい。

「パターンがややこしいんだよなあ……」

採取中に光る床(ゆか)はランダムだと思っていたが、ある程度の流れというか、パターンがある。三連続で斜(なな)めに光ったら次は必ず左に50センチとか、二回斜めなら次も必ず斜めとか。

そういうパターンが採取対象のアイテムごとにあって、オルフェの砂は地面の白く光る範囲(はんい)が広くタッチしやすいうえに単純で覚えやすいパターンが続く。しかしライフハーブの場合はかなりガチでやらないとすぐに白い光を見失ってしまう。

「アッシマー、すこし休め」

「はいっ、これが終わったら……。はあっ、はあっ……」

まだここに来て十五分くらいだというのに、すでにもうふたりとも汗をかいている。コモンシャツがボロギレよりもしっかり服してるぶん、暑いんだって。

「やあ」

そんななか、この草原に相応しい爽やかな声がかけられた。祁答院悠真。クラストップのイケメンである。後ろには灯里伶奈と高木亜沙美……クソゲロビッチの姿もある。

「藤間くんおはよう。足柄山さんも」

「お、おう」

「お、おはよぅござぃますぅ……」

なんでこいつらはこうも声をかけてくるのか。採取の邪魔だと言いたかったが、俺たちふたりとも、どうみても全力を出しきったあとの休憩。突っぱねるには些か無理があった。

「……そーだ。あたしも一回やってみよーっと」

高木はなんだか楽しげに俺の横にかがみこんで、意外にも短く切り揃えられた爪を持つ両手に採取用の手袋をつけた。なんでお前がそれを持ってるんだよ。

「おい、ここはライフハーブだぞ。初心者はそっち。アッシマーのとこ」

「採取ってやったことないけどアレでしょ？　モグラ叩きっしょ？　あたしモグラ叩き得意みヤバいし」

なにそれ。『モグラ叩き得意だし』ってのと意味違うの？　得意みヤバいってなに？

「あたしの華麗なテク見せてやるし。……てぃっ、とおっ、うりゃっ」

《採取結果》

11回（補正なし）

←

11ポイント

判定↓X

獲得なし

「ふざけんなし！　……ちょっとあんたなに笑ってんの」
「いやすまん……フラグ回収までの勢いが凄(すご)くて」
序盤(じょばん)以降は白い光に振り回されっぱなしの六十秒だった。華麗な（笑）テクとは（笑）
なんだよお前俺のこと虫みたいとか言っといて、自分ができてねぇじゃねえか。

「つーかなんでお前らが採取用手袋持ってんだよ。ぶっちゃけ必要ないだろ」

「それがそうもいかないんだって」

高木が不機嫌そうに返し、灯里が俺の質問に答えた。

「じつはね、レベルアップには経験値とお金、あとは素材が必要なの。モンスターがドロップする素材に加えて、採取で手に入る素材も必要みたいで……」

なにそれ面倒くさ。灯里の説明を祁答院が引き継ぐ。

「ＬＶ１からＬＶ２に上げるには10カッパーとコボルトの槍、エペ草二枚が必要なんだ。ＬＶ２から３にするには20カッパーとコボルトの槍二本、あとはエペ草二枚とライフハーブが一枚必要でね」

「えげつねぇな」

「でも最近のスマホゲームってそういうの多いですよねぇ……」

たしかにアッシマーの言う通り、最近は経験値が溜まったら『てれれてーてってー♪』と自動的にレベルアップするゲームは少ない。金や素材を溜めて、推しキャラを育成するゲームのほうが多い。

「ＬＶ２にレベルアップするときはエペ草をお店で買ったんだけど、いざＬＶ３にレベルアップするときにもったいなく感じちゃって……。だから今日は採取に挑戦してみようかなって」

灯里が両手でガッツポーズをしてやる気を見せつけてくる。

散々人のことを馬鹿にしておいて、調子のいいやつらだ。

《採取結果》

35回

採取ＬＶ2→×1.2

←

42ポイント

判定→C

ライフハーブ×3を獲得

「うっし、パターンわかってきた」

「藤間くんは凄いな」

近くで採取をしていた祁答院が汗を煌めかせながら俺に笑いかける。なんか汗すらいい匂いしそうなんだけど。なにこの俺との格差。

「藤間くん、とっても真剣な顔。かっこいい……と、思う、な」

同じく近くにいた灯里がもじもじしながらちらちらとこちらを窺ってくる。いやもうそういうのいいって。

「ガチで真剣なんだよ。こっちは生活かかってるからな。……アッシマー、こっちは終わったぞ」

吐き捨てるようにそう言って、すこし離れたところで高木と一緒に頑張っているアッシマーに声をかけた。

「わたしも終わりましたぁ」

「うし、なら一回帰るか。……えーと、あー、……お先」

べつにいいのに、しないのも逆に変かと思い、いちおう三人に声をかけると、

「藤間くん、もう終わりかい？」

「あ、いや、アッシマーを送って荷物を置いたら俺は帰ってくるけど」

「あはっ、そうか。待ってるよ、藤間くん！」

「待ってなくてもいいっつーのに……」

マジでなんなのこいつら。俺のこと好きなの？　ツンデレだとしたらツンが悪意にまみれすぎだろ。

「地味子、あんたは帰ってこないん？」

「えっ、あっ、あのあのっ、わたしは調合とかがありますのでっ。そのう、終わったらまた来ますけど……」

「そ。んじゃまた後でね」

「は、はいですぅ！」

一歩先んじた俺に、うれしそうなステップがついてくる。

「えへへぇ……高木さんが普通(ふつう)に喋(しゃべ)ってくれましたぁ……」

「普通じゃねえだろ。モロ地味子って呼ばれてんじゃねえか」

「べつにいいんですよぅ。わたしからすれば沁子も地味子もあまり変わりませんしっ」

「お前、ほんと自分の名前に否定的な。いいじゃねえか、うまそうな名前で」

「完全におでんを見るときの目！」

「厚揚(あつあ)げとしらたきうまいよな」

「いいですねぇ……。わたしはたまごと大根が好きですっ」

「まぁここじゃ俺たちの飯はまだ当分黒パンだけどな」

自分で言っておいて、あの硬さと苦さを思い出し、早速げんなりする。

「はいっ、でもいつか一緒に食べましょうねっ、おでん！」

果たしてこの異世界におでんなんてあるのだろうか。でもまぁそれもいいなぁなんて思いつつ、エシュメルデの南門を潜り、街内屈指の安宿へふたり歩みを進めた。

宿屋に戻り、まずは革袋の中身をふたつとも空にして、三十枚ずつのエペ草とライフハーブを担保に生活費から1シルバー20カッパーを引き出し、スキルブックショップへ。

「……」

愛想もくそもないが、陰キャからすればそれが逆にありがたい。そんなゴレグリウスから【調合LV3】を購入し、アッシマーに与える。

「ふぇぇぇぇ……」

恐れ入る彼女に「効率だ効率」と言い聞かせ、宿を出た。

「おかえり藤間くん、早かったね」

「荷物を置いてきただけだからな」

祁答院悠真、灯里伶奈、高木亜沙美のハーレムパーティはまだ採取をしていた。

「ねー、藤…………間？　エペ草の採取、一回見せてくんない？」

「すげえな、名前を覚えられてえらいな。でもいまの藤と間のあいだはなんだったんだろうな」

皮肉たっぷりにそう言ってやると「あってた？　うし、あたしって天才」とか言い出す。

こいつは……。

《採取結果》

38回
採取LV2↓×1.2
45ポイント←

判定↓C

エペ草×3を獲得

「「「おー……」」」

　でもなんだかんだ見せてやる俺氏、めっちゃ懐深い。

「一気に三つとかあんたマジ？　地味子よりうまいじゃん」

「あいつより俺のほうが採取歴が長いからな。スキルレベルも高いし」

「参考になったよ。ありがとう藤間くん。亜沙美、伶奈、俺たちも藤間くんみたいに両手を使おう。俺たちは利き腕の右手しか――」

　…………なんなのこいつら。何が目的なの？

　あれだけのことをしておいて、あれだけの啖呵を切った俺になんでこんなに話しかけてくるの？

　俺も俺だよ。なに普通に喋ってんの？　わかってるだろ？　期待しても裏切られるって。期待したぶんだけ、裏切られたときのダメージがでかいって。

　え、期待？　俺、期待してるの……か？

　もう普通にこうやって他人と喋るのとか諦めて、トップカースト連中を遠ざけて……そ

れでも、期待してるのか？

「はっ……はあっ……やった……！　やった！」

「伶奈、すごいじゃないか！　藤間くん、伶奈が初めてライフハーブを……藤間くん？」

なんだよ。パリピ三人と陰キャひとりだろ？　俺は刺し身のツマとか弁当のバランとか、なんなら食いもんの中に入っちまった髪の毛だろ？

「……よかったな」

「っ……！　う、うんっ……！」

えへへ……とはにかみながら採取に戻る灯里と、彼女を優しげに見守る高木。祁答院はいろいろなことに戸惑う俺に視線を寄越し、嬉しそうに笑顔を向けてくる。

「……んだよ」

「ははっ、いやなにも？　さーて、俺も頑張るかな！」

なんなんだよ、マジでこいつら。やめろよ。いいやつのフリをするなよ。陰キャはこういうのに弱いんだよ。

優しくされないから、こうやって接してもらえないから、諦めた。

それでもたぶん、どこかで待ってるんだよ。俺みたいのでも。

心のどこかで、願ってるんだよ。俺みたいのでも。

あれだけ憎々しかった、陽の当たる、そのときを。

三十分ほど経過しただろうか、袋はエペ草とライフハーブ十五枚ずついっぱいになった。

「俺、終わったから別の場所行くわ」

一応、念のため、仕方なしに声をかけると、高木に呼び止められた。

「別の場所？　ほかの素材でもとるわけ？」

「ああ。オルフェのビンっていうアイテムが大量に必要でな。それをとってくる」

「オルフェのビンってあのオルフェのビン？　5カッパーで売ってるやつじゃね？　買ったほうがいーんじゃないの？」

「お前らと一緒だ。売ってるものを買えば楽だけどそんな余裕はないんだよ。あとは採取の経験値もそっちのほうが上がるみたいだし、アッシマーの錬金と加工の経験値も稼がせてやりたいからな」

「ふーん……？」

うっわこれわかってない顔だわ。

「うっわ海じゃん！　めっちゃテンション上がる！　泳ぎたい！　ねーねー悠真、あたし泳ぎたい！」

「ははは……水着なんて持ってないだろ？　裸にでもなるつもりか？」

「水着、かなり高いもんね……」

んで、なんでこいつらまでついてくるんだよ。

「ははっ、そんなにいやそうな顔をしないでくれよ。こっちのほうが採取の経験が積めるんだろ？」

「まぁ、邪魔しないならいいけどよ……。ガラスの破片が落ちてるとこもあるから怪我すんなよ」

昨日は無人だったが今日は数人の先客がいる。人の少ない採取スポットを見繕い、採取の拠点とした。

40回

《採取結果》

採取LV2↓×1.2
←48ポイント
判定↓C
オルフェの砂×3を獲得

ん、やっぱり砂の採取はライフハーブどころかエペ草よりも簡単だ。すこし気合を入れたらB判定もありえるな。

「っしゃぁ成功したし！　さっきのより簡単じゃん！　楽しーっ！」

約一名うるせぇけど。

「そういや、なんで今日は三人なんだよ」

近くにいた祁答院に問う。

「いっつも六人で行動してるだろ。今日は別行動か」

「あ、それはね」

ちょっとまて。なんで話しかけただけなのにそんなに嬉しそうなんだよ。

「慎也と直人はなんだか気分がのらないって。香菜は疲れたから今日は休むって言ってたよ」

「オフか」

「みたいだよ」

この異世界、アルカディアは本当に気軽に来られる存在だ。

寝る前、どう見てもスマホな携帯端末……『ギア』のアプリ『アルカディア』のＯＮ／ＯＦＦスイッチを切り替えるだけで、異世界に来るか普通に睡眠を取るかを選択できるのだ。

すなわち、今日はビッチＢと、いけ好かないイケメンＢとＣはアルカディアにはいないということになる。

「あと、すこし違うよ藤間くん」

「……あん？」

「俺たちは三人じゃない。藤間くんを入れて四人だよ。さっきは足柄山さんもいたから五人だったけど」

な、

な、なんなのまじこいつ。

なんでそんなくっさい台詞を簡単に吐けるの⁉　しかも自然なキメ笑顔で！　あーやばかったわー。俺が女だったら落ちてたわー。イケメン怖いわー。

「うぅっ、もうちょっとなんだけどな……」

灯里がもうすこしでD判定が獲れそうだと悔しがる。

「うっし！　二十六回！　新記録だよ伶奈ー。あたしのほうが先にD判定獲るかんねー？」

「ま、負けないっ……！」

女子ふたりは一生懸命だ。整った顔を砂で汚しながら、必死に採取に励んでいる。

違うだろ、藤間透。騙されんなよ、何回騙されたと思ってるんだよ。

こいつらは、俺に期待させようとしてわざとこうしてるに決まってんだろ。

持ち上げてから落としたほうが、楽しいから。

「あ、藤間くん、革袋の中身が半分くらいになったら教えてくれないか？」

「……は？　なんで」

「なんでって……俺たちはべつに、この砂が必要なわけじゃないから」

「……あん？　じゃあなんでやってんだよ」

「うーん……楽しいから、かな？　それにここで経験を積んだほうがエペ草とかライフハーブの採取に有利になるんだろ？　なら俺たちのスキルアップにも繋がるじゃないか」

俺を、騙そうとしてるに、決まってる、だろ。

そう……だろ？

波がざざーんと砂浜を打った。波が引いても、しかし俺の心に生まれたざわめきは一向に引いてくれなかった。

じゃあ藤間くん、またね！

藤間くん、その、あ、ありがとう。また、ね。

えーと……藤…………田？　また学校でね。

わからない。本当にわからない。あいつらが信じられない。あいつらが悪いのか、俺が悪いのか、全然わからない。ちなみに俺は藤田ではなく藤間である。考えた末に間違えるとかどうなってんの自称天才。

やめろよ俺。弱気になるなよ。いつもそうだったじゃないか。

いつも弱気になったりへこたれたところを狙い撃ちにされてきたじゃないか。

小学校、中学校。二度あることは三度ある。高校でもそうに決まってるじゃないか。

……でも。

…………でも。

この革袋に詰まった砂の半分は、あいつらの汗でできている。

「おっも……」

どうにか階段を上がると、廊下をいい匂いが埋め尽くしていた。そういや玄関からほのかにこの匂いが香っていたような……。

「たでーまぁ……」

「あ、おかえりなさいですっ！」

アッシマーは作業台の前に立っていた。甘く爽やかな匂いのもとはアッシマーのベッドに座っていた。

「おじゃま、してる」

「うす、リディア。あれ、もう十二時か？」

「ちがう。まだ十一時。予定がはやくおわったから、遊びにきた。めいわく、だった」

相変わらず整いまくった顔面パーツに、ぬぼーっとしたアイスブルーに煌めく瞳。そして相変わらず抑揚のない話し口は、それが俺に対する質問であることを一瞬躊躇わせる。

「べつに迷惑じゃねぇよ。アッシマーが調合すんのに邪魔だとさえおもわなけりゃ」

「迷惑なわけないじゃないですかぁー。わたしリディアさんのこと大好きですしっ」

「わたしも。アッシマーだいすき」

「えへへへへへぇぇぇぇ……リディアさーん？」

「アッシマー」

抱(だ)きつくアッシマーと受け止めるリディア。なんなのこれ。

「はいはいゆりゆりすんなら俺のいないときにやれ。ガチ百合(ゆり)すんなら他所(よそ)でやれ。あとアッシマー、顔がとろけてバイオ〇ザードみたいになってる」

「がびーん!?　それどういう意味ですかぁ!?　藤間くんだってゾンビみたいにやる気ない顔をしてるくせにぃ！」

「変なこと言うんじゃねぇよ。ゾンビに失礼だろ」

「ここでまさかの自虐(じぎゃく)!?　メンタルつよ！」

アホな会話をしていたら腕を酷使(こくし)していることを忘れていて『オルフェの砂』が三十単位詰まった革袋をずしぃん……と床に下ろす。いや重かったわマジで。

「ふー……」

「透は、はたらきもの」

ようやく壁際(かべぎわ)にある自分のベッドに座って腰(こし)を落ちつけると、向こうの壁(かべ)につけられたベッドの上からリディアが俺に視線を向けていた。

「欲しいものがあるからな。それ以前に働かねぇと食っていけねぇし」

「わたしはあげるって言ってるのに」

「それじゃ俺が納得できねぇんだよ。召喚できるまでマンドレイクをとりに行けなくて迷惑かけてるのは悪いけどな」

「ん。いままでもじゅうぶんに助かってる。だからこれ、うけとって」

結構疲れていたから「んあー……？」と情けない顔を上げると、リディアは思ったより近くに歩み寄っていて、いつの間にか美しい手に革袋を持っていた。

「わたしは、つかわないから」

☆？？？？？？？ＬＶ１
？？50まで？？？？？？袋。

重さは？？？の？分になる。

手を翳せばそんなウィンドウが表示された。

「なにこれ、普通の革袋じゃないのか？　なんかめっちゃクエスチョンマークなんだけど」

「マジックバッグ。見ためよりたくさん入る」

リディアの声を聞くと、どういう仕組みかウィンドウが更新された。

☆マジックバッグＬＶ１
容量50まで収納できる革袋。

重さは内容物の半分になる。


「おー……。マジかこれ、もらっていいのか？　なんか頭に☆ってついてるんだが、レアアイテムじゃないのか？」

「そう。でもいい、つかわないから。売るよりも透につかってもらったほうが、わたしにはありがたい」

「マジでいいのか、もらうぞ？　さんきゅ、俺結構死ぬことあるからロストしたら悪いな」

「藤間くんは物をもらうときも後ろ向きなんですね……」

パッと見いつも使ってる革袋よりも小さい。でもこっちのほうが入るだなんて不思議だよな……。

「ほっ……こっちはうけとってくれた。コボルトの意思といっしょで、うけとってもらえないかと思ってた」

「俺にもポリシーっつーか信念があるんだよ。やっぱり召喚は自分の力でしたい」

「きのう帰ってからずっと考えてた。どうして透がそんなにもったいないことを言うのか」

「昨日言ったろ。貰(もら)うだけの力じゃいやなんだよ」

「ん。でもそんなふうに考える人はめずらしい。だから『透だからしょうがない』って思うことにした」

「なんだそれ……」

ぬぼっとしたままのリディアの隣でふふっと笑うアッシマー。そうしながら立ち上がり、

「じゃあ今からビンをつくりますっ。リディアさん、薬湯(やくとう)が九本完成してますので、持っていってくださいっ」

「わかった。透、これお金」

「おう、計算早いな……」

薬草とオルフェのビンを調合してできる薬湯は24カッパーでリディアに買い取ってもらうことになっている。

銀貨二枚、大銅貨一枚、銅貨六枚。計2シルバー16カッパーを受け取った。

これでストレージの86カッパーと合わせ、全財産は3シルバー2カッパーになった。生活費の2シルバーと端数の2カッパーをストレージに戻し、1シルバーだけ持ってアッシマーを振り返る。

「アッシマー、九本のビンから九本の薬湯ってことは、ミスなしか」

「はいっ、藤間くんが【調合LV3】のスキルブックを買ってくれたおかげ――」

「いつもありがとな」

アッシマーを遮るように慣れない礼を口にして、なにも見ず逃げるように部屋を出た。

「オルフェの砂をガラスに錬金すんの、ちょっとだけ待ってろ。錬金のスキルブック、いま買ってくるから」

自ら閉めたドアに声をかけ、階段を下りる。

ついさっきアッシマーが言いかけた、しかし俺が遮った言葉を反芻する。

ここに来て、アッシマーは俺のおかげだ、と何回言った？

たしかに俺は行き倒れ同然のアッシマーに寝床を与えた。タオルも買ったし、シャワーも浴びさせてやった。……でも、それだけ。

なんだかんだ調合、錬金、加工で得られる利益は大きい。だから俺は俺よりもアッシマーを優先させているつもりなんてないし、むしろあいつも採取はできるんだから、どう考えたって俺のほうが無能だ。

ただ、出会って最初のマウントを、いまだにとり続けているだけ。

俺のおかげでいまのアッシマーがいる……？

違うだろ。むしろ…………だろ。

でもそんなこと、口に出して言えるはずもなく、醜くマウントをとり続ける。俺があれだけ嫌悪したマウントをとって、ようやく対等。そんな俺が、自分以外の誰を馬鹿にできるというのか。

……面倒くせぇ性格。礼くらい堂々と言えないもんかね。

俺が面倒くせぇのかな。陰キャが面倒くせぇのかな。

カランカランとコーヒーの香りが楽しめそうなドアを開けると、店番のゴレグリウスが先ほどと微塵も変わらぬ位置に立っていて、彼は俺に頭を下げ、スキルモノリスを手渡してくれた。ぶきっちょな感じがなんとも可愛らしい。

俺はそれにどことなく安心し、未だざわめく己の心を慰めるように苦笑した。

２　夕焼けのせいではなかったというのなら

ゴレグリウスから30カッパーで【錬金ＬＶ１】、50カッパーで【砂浜採取ＬＶ１】を購入して店を出た。

一旦宿に戻って【錬金ＬＶ１】をこそこそとアッシマーに渡したあと、リディアから貰った『☆マジックバッグＬＶ１』と空いた革袋を担いで喧騒のある街を東へと進む。

現在ダントツで不足しているのはオルフェの砂。現在宿にある在庫は、エペ草三十八、ライフハーブ三十五、オルフェの砂三十である。

オルフェの砂はオルフェのガラスへ錬金する際に数が半分になるので、まったく足りないということになる。加えてアッシマーは調合スキルをＬＶ３まで習得しているが、錬金と加工はＬＶ１。調合よりも失敗する可能性だって高い。ならば俺の戦場は砂浜である。

本当に効率を考えるなら、現在所持している素材を担保にしてアッシマーに【錬金ＬＶ２】と【加工ＬＶ２】を購入するべきなんだが、それだとアッシマーがさらに恐れいって卑屈になってしまうかもしれないからやめておいた。

……。

陰キャってのは気をつかいすぎるもんなんだよ。

…………。

本当に、どうかしてる。

《採取結果》

41回

採取ＬＶ２→×1.2

砂浜採取ＬＶ１→×1.1

←

54ポイント

判定→Ｂ

オルフェの砂×３

オルフェの白い砂を獲得

【砂浜採取ＬＶ１】すげぇ。あっさりとＢ判定だ。

「なんだこれ」

見たことのない素材『オルフェの白い砂』に手をかざすと、ホモモ草やマジックバッグのときと違い、情報が表示された。

オルフェの白い砂
オルフェ海に面する砂浜で　採取できる良質な砂。

「ええ……？　オルフェの砂とどう違うんだよ」

そういえばじっくり見たことはなかったな、とオルフェの砂にも手をのばす。

オルフェの砂
オルフェ海に面する砂浜で採取できる砂。

どうやら『オルフェの白い砂』は『オルフェの砂』の質が良いものらしい。
……って、違うんだよ。俺が欲しい情報はそうじゃないんだよ。使いみちが知りたいんだよ。
「……まぁいまは言っててもしょうがねぇか」

《採取結果》
46回
採取LV2↓×1.2
砂浜採取LV1↓×1.1

←60ポイント

判定↓A
オルフェの砂×3
オルフェのガラス
オルフェの白い砂を獲得

「よっしゃっ……！　はあっ……！　はあっ……！」

五回目の採取。これが終わったら一旦休憩だと全力で励んだら、なんとA判定。

まじかよ、オルフェのガラスってオルフェの砂ふたつを合わせて錬金した素材だよな？

ってことはこれ、オルフェの砂二単位ぶんか……！　むしろ錬金の必要がないぶん、価値はもっと高い。

すこし休んでまた採取。ひたすら採取。

「も、もう限界……！」

マジックバッグにはオルフェの砂×50、革袋にはオルフェの白い砂×12とオルフェのガラス×3を傷まないように詰めこんで、一旦宿へ戻ることにした。

重い。でもリディアのくれた魔法の革袋のおかげで荷物ほどは重くない。……はずなんだけど、よく考えたら結局、革袋ひとつぶん以上の重量を背負ってるんだから重いに決まってる。

中央広場の時計は午後三時五十分を指していて、喧騒のなか、足を引きずるようにして宿へと戻った。

「うぃす」
「……」

アッシマーの返事はなかった。その代わりに、作業台に立つ彼女の背が、いまなにをしているかを語っている。

《加工結果》

オルフェのガラス　←　オルフェのビン

加工成功率　64％

アトリエ・ド・リュミエール↓×1.1

加工LV1↓×1.1

←　加工成功率　77％

←　失敗

「あああぁあぁあーーーーっ！」

アッシマーがかなり大きい悲鳴をあげた。後ろでウィンドウを覗(のぞ)きこんでいなければ、俺(おれ)はきっとその声にひっくり返っていただろう。

アッシマーの背に声をかける。

「あんまり気にすんなよ」

「はああああああああああああ⁉」

「うわびっくりした」

こんどこそ驚いて、思わずのけぞった。

「びっくりしたのはこっちですよぅ！　いつの間に帰ってきたんですかっ」

「いやいま来たんだけど。ちょっと荷物が重くてノックをする余裕はなかったんだけど、いちおう声はかけたぞ」

「ぁ……そうでしたか……」

アッシマーはしょぼくれている。加工を失敗したことが、そんなにも悔しいのだろうか。

「藤間くん、本当にごめんなさいっ。わたしいまから採取に行ってきますっ」

「はい待てストップ。いやマジで待て……っておいお前力強いな⁉　俺いま荷物置いたばっかりで力が入らねえっつーの！」

俺の制止を聞かず部屋を飛び出ようとするアッシマーを後ろから羽交い締めにしてなんとか引き留めた。

「だって……だってだって……！　ふぇ……ふぇぇぇ……！」

「あ、おい、な、泣くなよ……」

アッシマーを両腕で後ろから抱え込むようにして押さえておきながら、作業台の上に目をやると、

「……あー、そういうことか」

理解した。錬金のために置いてあった革袋には、さっき、オルフェの砂×30が入っていた。しかし作業台の上に置かれた革袋は空。

そして作業台に載っているオルフェのビンは四本。オルフェのガラスは見当たらない。

つまり、三十単位あったオルフェの砂は、錬金と加工で失敗が重なったため、全て成功なら十五本になるはずのオルフェのビンが、四本分しか成功しなかった……ということらしかった。

「お前いま加工は77%だったよな。錬金は？」

「80%ですぅ……」

なるほど。ならオルフェの砂三十単位をオルフェのガラス十五枚に錬金する時点で、期待値で言うと十二枚。十二枚のオルフェのガラスをオルフェのビンへ加工する場合、期待値は九本。そして作業台の上に載ったオルフェのビンは四本。

「お前、盛大にやらかしたんだな」

「う……ごめんなさいぃぃぃ……。でも集中してなかったわけじゃないんです……なんだかついていなくて……」

「あほ。そんなことはわかってる」

「……えっ？」

あの背中を見て、テキトーにやってたんだろうな、なんて思うやつはきっと、この世にはいない。

「お前のなかでは特別な頑張(がんば)りがあるんだろう。それを俺は否定する気はねぇ。だがいいか。傍(はた)から見れば加工とか錬金ってぶっちゃけ確率だ。だからこればっかりはしょうがねえ。だけどな、すこしずつ作業成功率は上がってきてるんだろ？　昨日はスキルなしで59%だったのに、いまは64%になってるし」

「はいぃ……すこしずつですけど……」

「ならいいって。確率が期待値に届かなかったからって、べつにお前が悪いわけじゃねえ。いいか、陰(いん)キャは基本的に後ろ向きだが、確率に関しちゃ前向きなんだよ」

「……どういうことですか？」

「確率は長いスパンでやりゃその数字に収束していく。だから、いま失敗しといてよかった、ってな」

「ええーっ!?　失敗してよかった、なんてありえませんよぅ……」

「まあ聞け。成功してりゃどっかで失敗する。逆に、失敗が多けりゃどっかで成功が多くなる。だから今のうちに失敗しとくんだよ。ちなみにこれを乱数調整と呼ぶ」

　ここまで言うとアッシマーはぽかんとして、その後「あはっ」と白い歯を見せて笑った。

「乱数調整ですかぁ……」

「そうだ。むしろキモである薬湯の調合ではほぼミスなしなんだろ？　そのツケがきたんだよ。つーか採取が簡単なオルフェの砂で失敗して、大量の素材を使う薬湯で成功してんだからむしろ理想的じゃねえか」

　そうだ。確率があって、成功があって、失敗があるのなら、リスクの小さいところで失敗し、リターンが大きいところで成功したほうがいいに決まってる。

「ふふっ……全部成功がいちばんに決まってるじゃないですかぁ」

「陰キャは控(ひか)えめなんだよ。木に果実が実っていても、毒があるかもしれないから手を伸(の)ばさない。毒がないとわかっても、自分のものかわからないから手を伸ばさない。自分のものと知ってなお、自分の身に余る幸福だと手を伸ばさないんだよ」

「ぷっ……なんですかそれぇ……ふふっ」

　陰キャの原動力は基本的に自家発電だ。急に現れた目の前の果実が力になることなんてあんまりない。だから『ん？　いまの俺ちょっとかっこよくね？』という自画自賛や自己満足で己を保っている。

陰キャは自分に優しい。世間が自分に冷たくて苦いぶん、己には温かくて甘やかなスイーツを用意する。そうしなきゃ、バランス崩壊で訪れた氷河期に心が凍えてしまうから。

そうだ、だから期待値に届かなかったときこそ褒めてやるんだよ。物欲センサー！　とか俺だけ確率おかしくね？　とか愚痴りながらも『乱数調整乱数調整、次に二個ゲットするための布石』みたいにどこかで前向きになってるもんなんだよ。

だから、俺の知る限り、いちばん、あまやかなことばを言ってやるんだ。

「べつにいいんだ、無理しなくて。お前のペースでいいんだよ」

俺が自分にいつも言い聞かせる、この世でいちばん甘やかな言葉。

ずっとほしいけど、誰にも言ってもらえなくて、自分で言い聞かせる言葉を。

いいんだよ、お前のペースでいいんだよ、藤間透。

アッシマーに向けた言葉はしかし自分にも向けたもので、角砂糖のようにゆっくりと、苦くて仕方ないコーヒーのように真っ黒な俺の胸に溶けていった。

エシュメルデに今日もマナフライがやってきた。

暗くなった世界を明るく灯すこの生命体は、暗くなれば街にやってくるのか。それとも常に街で光っていて、明るいうちはそれを視認できないだけなのか。

「くっそ、また寝かされちまった……」

砂浜から宿に帰ってきたあと、またしてもアッシマーのマッサージを受け、気だるい痛みを訴える身体を徹底的にほぐされ、迸るような快感が過ぎ去ったあとの脱力感で、俺はあっさりと眠りに落ちた。

「躊躇なく足の裏まで揉みまくりやがって……」

男の足の裏とか触りたくないだろうに。俺は絶対にいやだ。

目が覚めたとき、アッシマーは部屋にいなかった。作業台の上は綺麗に片づけられており、それは俺が寝ているあいだにアッシマーの作業が完了したことを意味していた。

部屋を出て階下へ。

「あらおはよう。ずいぶん寝ていたみたいだね」

俺が階段を下りきる前に、ハスキーがかった声が向けられた。

「女将さん……おはようございます」

時計を確認すると、午後八時。俺、四時間くらい寝てたってことか……。

「アッシマー……だっけ？　あの子なら二十分くらい前にシャワーに行ったよ。あら、噂をすれば」

宿の扉が開き「ほえほえ……」と幸せそうに頭を拭きながら、アッシマーが現れた。

「ふにゃ？　藤間くん起きてたんですかぁ？」

「悪いな結構寝ちまって。そのあざといの、その……やめてもらえると助かるんだが……」

「低いテンションのまま言うのやめてもらえませんか!?　現実味帯びてて余計傷つく！」

場が一気に騒がしくなる。女将はとくになにも咎めたりしない……っつーか、この安宿って俺たちのほかに客いるの？

「お前さ、あぶねえだろ。夜ひとりで出歩くなよ」

「はわわ、身に余るお言葉ですぅ。でもわたしなんか狙う人いないでしょうし……」

「馬鹿、ステーキとかフォアグラとか『○○の○○風、～○○を添えて～』みたいな呪文料理が好きなやつばっかりじゃねえんだよ。素朴な煮物が一番だってやつもいるんだよ」

「また視点が完全におでん！」

アッシマーは「がびーん！」と俺に抗議の顔を向け、

「いいですよーだ。どうせわたしなんておでんですよ……。沁み沁みになりすぎて廃棄されるコンビニのおでんですよ……」

「知ってる？　コンビニのおでんって廃棄が多すぎて赤字なんだって。それでも出さねえと他のコンビニに客取られるから続けてるんだとよ。世知辛いよな……」

「そろそろフォロー入ると思ってたんですけど!?　なに傷をえぐってきてるんですか!?」

俺たちの様子に女将は笑いを嚙み殺しながら、

「そういや聞いたよ。明日までに5シルバー貯めるんだって？　集まりそうなわけ？」

「……ちなみにどこから聞いたんですか？」

「どこからってあんたら、今朝『絶対明日までに5シルバー貯めましょうねっ』ってエントランスで騒いでたじゃないのさ」

アッシマーだった。睨みつけてやると、わざとらしく視線を外して口笛を吹きはじめた。ぜんっぜん吹けてないけど。

「……まぁぼちぼちですよ。俺としてはいけるって思ってるんですけど」

「へー、すごいじゃない。ついこないだまで食べるだけで精一杯だったのにねぇ」

「今だってそうですよ。生活水準はあまり変わってないですし」

「ま、ほどほどにしておきなよ？　住んでる人が偉くなるのはあたしもうれしいけどさ。焦って失敗した人もたくさん見てきてるから」

女将は手をひらひらと振りながら部屋に戻っていった。

自室に戻るなりアッシマーは自分のストレージボックスを開いて、

「さっきリディアさんが来て薬湯を買っていったんですけど、わたしが勝手に売っちゃってよかったですか？」

俺に向かって小銭袋を差し出した。

「いいに決まってるだろ。ふたりで生活してるんだから。うお、なんかめっちゃ入ってるぞ。……どうしたんだこれ」

３シルバー98カッパー。それは俺たちが見たこともないような金額だった。えっ？　と驚きつつ自分のストレージボックスを開くと、食費や水代、宿代を抜いた１シルバー10カッパーがたしかに残っている。

「ちょ、ちょっとぉ！　わたしが生活費から盗むわけないじゃないですかぁ！」

「いやそれはいっさい疑ってない。金が多すぎて、生活費を預けていたんじゃないかって勘違いしただけだ。……どうしたんだこれ」

「えへへぇ……。薬湯十七本を売って４シルバー８カッパー。勝手に使うのは気が引けましたけど、シャワーをさせてもらうために10カッパーだけ抜いたので、３シルバー98カッパーですぅ」

十七本。素材の残量上、全ての確率を乗り越えても、つくることのできる薬湯の数はMAXでも三十二本だったはずだ。

エペ草とライフハーブを薬草に調合する時点で失敗する。オルフェの砂二単位をオルフェのガラスに錬金する時点でも失敗する。オルフェのガラスをオルフェのビンに加工する時点でも失敗する。そして最後、薬草とオルフェのビンを薬湯にする肝の調合でも失敗する可能性はあるのだ。

十七本。４シルバー８カッパー。じゅうぶんじゃないか。

「悪いなアッシマー。俺がぐーすか寝ているあいだに頑張ってもらって」

「いえ、いいんですよぅ。どう考えても藤間くんのほうが過酷で危険な労働してますしっ。それよりもどうします？　目標の５シルバー、貯まっちゃいましたけど」

たしかにアッシマーの言う通り、ここにある３シルバー98カッパーと、俺のストレージに入っている生活費の残り１シルバー12カッパーを合わせれば５シルバー10カッパー。目標の５シルバーは到達した。

「生活費は生活費だ。２シルバーは残しておきたい。それよりも残り３シルバー10カッパーを使ってふたりのスキルを習得するべきだろ」

「えぇーっ、使っちゃうんですかぁ？」

「使っちゃうんだよ。この世界でスキルがめちゃくちゃ強いってことはいやって言うほどわかったからな。ふたりの強化に使って明日一気に5シルバー稼ぐぞ」

今日の稼ぎは、俺が寝ている間にアッシマーがリディアに売却した薬湯十七本と昼に売却した九本を合わせて二十六本、一本24カッパーだから6シルバー24カッパーだ。

……まだ、足りない。生活費2シルバーとコボルトの意思の5シルバーを足した7シルバーを稼げるようになんねえと、俺が召喚モンスターを持つことはできない。

荷が勝ちすぎる。身の丈に合わない。俺は相応しくなってから、あの青い輝きを手に入れる。そう、決めたから。

「相変わらず面倒くさいですねぇ。……ふふっ」

「笑ってんじゃねえよ。……行くぞ」

「はいっ」

アッシマーに心の裡を覗かれたような気がして、話を無理やり打ち切りながらふたりで宿を出た。

稼いだ金を持ってスキルブックショップに行くと、珍しいことにそこそこ繁盛していた。

先客は六人。しかしよりによってそのうちの三人が……。

「げえぇえっ……」

「あれっ？　藤間くんと足柄山さんじゃないか」

クラスが誇る陽キャ、祁答院悠真、灯里伶奈、高木亜沙美の三人だった。

「藤間くんと足柄山さん…？　こ、こんばんは……！」

「あ、ほんとだ。地味子と……なに木だっけ」

出くわした瞬間、身体の右半分が熱くなった。俺の右にいるアッシマーの体温が急上昇したからだ。

「こ、こ、こんばんはですっ……！」

「高木、もしかしてその『なに木』っての、俺のことか？　いい加減名乗るが俺藤間なんだけど。っつーか直前に祁答院と灯里がちゃんと藤間って呼んでただろ」

「そうそう藤間！　いやーあたし人の名前覚えるの苦手でさー。もーちょっと覚えやすい名前になんない？」

なんねーっつの。つーか、藤間ってそれほど珍しい苗字じゃないよね？　祁答院とか足柄山みたいなSSRはともかく、すくなくとも高木より珍しいぶん、多少は覚えやすいはずだろ。……と。

「えっ、えっ……？　なんでふたりが一緒に……？」

最近こういうことが多いんだが、灯里が俺とアッシマーを見比べて、なにやら驚いたような顔をする。

「えっ、えっ」

なんでだよ、と思いながらアッシマーを見やれば、灯里の視線に気づいたように、今度はアッシマーもあわあわしていた。

「……じゃあな」

混んでいるなら出直そう。当然の思考だ。しかしココナさんがほかの客に囲まれながら、

「にゃーーっと待つにゃ！　せっかくお店に来てくれたのに、モノリスも確認しないのはあんまりにゃ！　もうすこし待っててにゃん！」

そう呼び止めてきた。にゃーっと待つってどれくらい待てばいいの？

「お待たせにゃんにゃん♪」

自分のほしいスキルが手に入ったのか、三人組のいかつい冒険者がほくほく顔で店を出ていくと、ココナさんは俺とアッシマーにスキルモノリスを差し出してきた。

「え、お前らはいいのかよ」

「ああ……俺たちはもう買ったんだ。帰ろうとしたらちょうどふたりが来たから」

いや用事が終わったんなら帰れよ。つーかなんでお前らがここにいるんだよ。

「あのね、じつは私たち、三人でダンジョンに潜（もぐ）ってたんだけど……」

「香菜（かな）がいないと、あたしら木箱の鍵（かぎ）、開けらんないからさ」

「そんなときココナたちが通りがかってね。パーティに加わってくれたんだ。……ははは、むしろ俺たちが入れてもらったと言ったほうが正しいけど」

「ココにゃんは開錠（かいじょう）が得意だにゃん♪」

で、そこで意気投合して、ココナさんがスキルブックショップを営んでいると知り、ダンジョンアタック後にこうして来たわけか。

くっそ……こいつらと顔合わせる機会が増えるじゃねえか……。

心の中で舌を打ち、スキルモノリスをタッチした。

藤間透
3シルバー10カッパー

▼――ステータス
SPLV1　30カッパー　　器用LV2　60カッパー（UP）

体力ＬＶ１　50カッパー　技力ＬＶ１　50カッパー

▼戦闘（せんとう）

戦闘ＬＶ１　30カッパー

▼魔法

召喚（しょうかん）ＬＶ１　30カッパー

▼生産

採取ＬＶ３　１シルバー20カッパー（ＵＰ）　砂採取ＬＶ１　50カッパー（Ｎｅｗ）

草原採取ＬＶ１　50カッパー（Ｎｅｗ）　調合ＬＶ１　30カッパー

▼行動

歩行ＬＶ１　30カッパー　走行ＬＶ１　30カッパー

疾駆（しっく）ＬＶ１　30カッパー　運搬（うんぱん）ＬＶ１　50カッパー

▼その他

冷静ＬＶ１　30カッパー　我慢（がまん）ＬＶ１　30カッパー

覚悟（かくご）ＬＶ１　50カッパー

「うっお、めっちゃ増えた」

　増えたのは【器用ＬＶ２】【採取ＬＶ３】【草原採取ＬＶ１】【砂採取ＬＶ１】。どれもいいスキルに思えるけど。

「ココナさん、この【砂採取ＬＶ１】ってなんだ？　俺もう【砂浜採取ＬＶ１】持ってるんだけど」

「砂浜採取と砂採取は別物にゃ。砂浜だと砂だけじゃにゃくて『海水』とか『ソーンズ』って呼ばれるうにみたいにトゲトゲした素材も採れるにゃ」

「？？　つまり【砂採取ＬＶ１】を習得したらなにがどうなるんだ？」

「簡単にゃ。砂浜でオルフェの砂を採取したら、【採取ＬＶ２】で1.2、【砂浜採取ＬＶ１】で1.1、【砂採取ＬＶ１】で1.1、つまり全部掛け算で1.45倍の補正がかかるにゃ。ちなみに砂漠で砂を採取するなら、砂浜じゃにゃいからそこから【砂浜採取ＬＶ１】の補正が消えるにゃ」

「ぐあ、強いな……。アッシマーはどうだ？」

「はいぃ……【錬金ＬＶ２】と【加工ＬＶ２】がありますぅ……」

　うーん、まいったな……。金は３シルバー10カッパーしかない。生えたスキルとアッシマーのスキル全部を買えば４シルバー。全然足りてねえ。

「素材の在庫はどんなもんだ？」

「エペ草が六、ライフハーブが三、オルフェの白い砂が十二、ホモモ草が二ですっ」

「白い砂ってなにかに使えそうなのか？」

「白い砂ふたつで『オルフェの白いガラス』、白い砂とオルフェの砂で『研磨剤』というのができそうなんですけど、どちらもスキル補正コミコミで成功率が50％以下なんですよう……だから怖くてさわってないんです」

むう。オルフェの砂がいくつあっても足りない現状だと、オルフェの砂を消費する『研磨剤』に錬金するわけにはいかない。ならばふたつを組み合わせて『オルフェの白いガラス』を錬金するしかないんだろうが、それの用途もわからない。そもそも白いガラスってなんだよ。ガラスって透明じゃないとダメなんじゃないの？

　エペ草とかホモモ草とは違い、正直言って砂の在庫は邪魔だ。なぜなら保管に革袋を必要とするからだ。まさか砂を部屋の中に撒き散らすわけにもいかないしなぁ……。

　俺たちが所有する革袋は容量30のものがふたつ、それに加えリディアから貰った『☆マジックバッグ』がひとつ。こっちは容量50で重量が半分になる優れものだ。

　革袋のうちのひとつを白い砂を保管するためだけに使うのはいくらなんでももったいない。うーむ……。

「横から失礼するにゃん。『オルフェの白い砂』にはマナが含まれているから、武器の強化とか一歩上の調合、錬金でよく使われるにゃ。だから加工せずに白い砂そのままでも売れたりするにゃん」

「そうなのか？　オルフェの砂は売れないって聞いたが……」

「白い砂のほうには価値があるにゃん。白い砂がほしくて採取する人は多いけど、ついでに砂も集まってしまうから、普通の砂だけ捨てる人とか、やむなくビンにして売る人が多いにゃ。だから巷でオルフェのビンが安価で売られてるにゃ。そういうこともあって、ビンをわざわざ砂から採取してつくる人は少ないんだにゃ」

マジかよ。俺、オルフェの砂を採取して「白い砂は要らねぇ」とか言ってたんだけど。

「おにーちゃんとおねーちゃんは白い砂を使わないにゃ？　もし良かったら、白い砂をコニャちゃんが買い取りたいんにゃけど……あんまり高くは買えにゃいけど……」

「そりゃ願ったり叶ったりなんだが……俺たち相場とかわかんないぞ」

「ギルドの買取価格は容量30と革袋を合わせて2シルバー30カッパーだにゃん。素材屋さんで買うときは革袋と合わせてだいたい3シルバー〜3シルバー20カッパーくらいするにゃん」

なんで革袋を合わせた取引なんだよ、と疑問を持ったが、よく考えたらそりゃそうだよな。保管が面倒なのと一緒で、一単位ずつ取引していたら面倒だもんな。汚れる可能性もあるし。砂だから。

でもそれは困る。なぜなら取引のたびに革袋が一枚ずつなくなるからだ。まあアイテムショップで50～60カッパーで売られているから、売った金で買い足せばいい話ではあるんだが。

革袋の購入費を差し引くと、ギルドへの売値は『オルフェの白い砂』一単位5.6～6カッパーということになる。

対し素材屋での購入費は、革袋代を差し引けば一単位8カッパー～9カッパーになる。

「そこで提案にゃ。『オルフェの白い砂』を革袋付きで2シルバーで買わせてほしいにゃ」

2シルバー。ってことは、ええと………ん？

「おいこら待て。なんでギルドよりも安く買おうとしてんだよ。一単位5カッパーじゃねえか」

「その代わり、容量30の革袋を二枚付けるにゃ。全部が未使用じゃにゃいけど、ちゃんと綺麗で丈夫なやつを付けるにゃ。どうにゃ？」

俺の指摘をココナさんが食い気味に打ち消した。革袋二枚？

「いまのおにーちゃんとおねーちゃんには悪くない話だと思うにゃ。……どうにゃ？」

……たしかに悪くない。むしろ革袋が不足している俺たちからすればありがたい。作業台やストレージボックスに素材を裸でほっぽっておかなくてもよくなるし、複数の革袋を持ち運べば宿と採取場を行き来する回数が減って効率が上がる。

「良さそうだな。アッシマー、どう思う？」

「はいっ、わたしも素材を種類ごとに保管しておきたかったですし、革袋はほしいですっ」

なら、決まりだな。

「取引成立だ。でも俺たちの革袋不足が解消されるまでだぞ。最初の納品は早くて明日だ」

「了解だにゃ！　改めてこれからもよろしくにゃん♪」

……とまあいろいろと脱線したが、アッシマーに1シルバー20カッパーで【錬金ＬＶ２】と【加工ＬＶ２】を、自分には1シルバー70カッパーで【採取ＬＶ３】と【砂採取ＬＶ１】を購入した。

その様子を見て、そしてさっきからの会話をじっと聴いていた祁答院たち三人は面食らったようにこちらを見ている。

「んだよ」

「あんたらってさ、つきあってんの？」

「亜沙美ちゃん⁉」

高木のアホな質問に悲鳴をあげたのは、なぜか灯里だった。

「んなわけねぇだろ……」

「そんなわけないですよぅ……」

俺とアッシマー、ふたり同時にあきれた声を出す。なんだこのいやなハモりかた。げんなりとしつつ言葉を続けると……。

「俺みたいのに彼女ができるわけねえだろ」

「わたしなんかに彼氏さんができるわけないですよぅ」

さらにいやなシンクロが、ビルの隙間風のように店内を虚しく、かつ寒くした。しかし灯里は何故かほっとした様子だった。


無事スキルブックを購入できたわけだが、最悪だ。もう最悪。行きつけのショップをパリピ連中に知られたうえ、

『わたしたち、ここの斜め向かいの宿屋に住んでるんですよぅ』

なにひとつ考えなしに喋るアッシマーのせいで寝床までバレてしまった。さらに言えば、

「藤間くんと足柄山さんはいまからどうするんだい？」

「へへーん。あたしら全員【採取ＬＶ１】買ったし！　あんたらも採取行くっしょ？　ど

っち？　草？　砂？」

こいつらはエペ草とライフハーブが必要らしい。なんでもレベルアップに必要だとか。

「……砂」

だから、そう答えた。こいつらがついてこないように。

我ながら性格悪いと思う。

心が痛まないわけじゃない。

……おいおい、なにを考えているんだよ俺は。こいつらのことは、なにひとつ斟酌しないんだろ？

こいつらは陽キャ、俺は陰キャ。

太陽があって、影があって。光があって、闇があって。

食うものと、食われるものがいて。

食う側は毒がないか、棘がないかを吟味する。でも、食われる側は食うやつの腹のことなんて気にしないだろ？

俺は食われたくないから暴れただけ。毒を吐いて、棘のように尖らせただけ。

もう、これ以上、食われたくなかっただけ。

「おー！　夜の海ってのもいいじゃん！」

「わぁ……！　マナフライが反射して幻想的（げんそうてき）……！」
なのになんでついてきてんだよ、マジで。

《採取結果》

39回
採取ＬＶ3→×1.3
砂浜（すなはま）採取ＬＶ1→×1.1
砂採取ＬＶ1→×1.1
←
61ポイント

判定→A
オルフェの砂×3
オルフェのガラス

オルフェの白い砂を獲得

「うおあ、スキルってすげぇ……！」

夜の砂浜一発目、肩慣らしと思って採取をしたら、難なくA判定を獲得してしまった。

思わず口にしてしまったが、スキルってマジで凄い。今の俺は砂浜で砂を採取すれば、1.3×1.1×1.1=1.57の補正がかかっているのだ。

《採取結果》

43回
採取ＬＶ3→×1.3
砂浜採取ＬＶ1→×1.1
砂採取ＬＶ1→×1.1
←

67ポイント
判定↓A
オルフェの砂×6を獲得

やばい、楽しい。楽しすぎてパリピどもが近くにいることなんて忘れ、採取に励む。

すごい勢いでマジックバッグに溜まってゆくオルフェの砂。

「アッシマー、オルフェの砂は俺のマジックバッグに入れてくれ。ガラスと白い砂はお前の革袋に入れるわ」

「らじゃですっ」

「マジックバッグってこれかい？」

「私もここに入れてくね？　えへへ……D判定が出ちゃった」

「マジ？　言っとくけど伶奈、イーブンだかんね。あたしもD判定とったから」

「……なあ」

女子三人と距離があいたタイミングで、俺は祁答院にそっと声をかけた。

「もっぺん訊くわ。どういうつもりだ？」

「うん？」

「なんで近づいてくるんだよ。こんなの面倒なだけだろ？」

「そうかい？　俺は楽しいよ」

屈託なく笑い首を傾げてみせる祁答院。その顔を見て俺が感じたのは、胸の痛みだった。

この笑顔を信じられない俺の醜さと、この笑顔を信じてみたいという俺の弱さが綯い交ぜとなって、この胸を痛ませる。

「藤間くんもそう思ってくれると、嬉しいんだけどな」

でも、信じてしまえば、こいつらは俺の憎むべきパリピでありながら、陰キャを虐げないパリピだということになる。

もちろんそういうやつらだっているだろう。もっとも、その背景には『こんな底辺に手を差し伸べる俺カッケー』というカタルシスがあるのかもしれないが。

しかし、こいつらを信じるということは、俺は、見誤ったことになる。

今日ここにいないビッチBとイケメンB、イケメンCはともかくとして、もしもこいつらが本当に良いやつだったのだとしたら。

あれがもしも罰ゲームなんかじゃなかったのだとしたら。

口の悪い高木はともかく、祁答院、そして灯里にした俺の仕打ちは……。

「藤間くん？」

「なんでもねぇ」

白い光に視線を落とす。こいつらが最低じゃないのなら。

『私とつきあってもらえませんか』

『罰ゲームなら他所でやれ』

もしも、あの日の潤んだ瞳が、灯里伶奈の頬の朱が、夕焼けのせいではなかったというのなら。

……最低なのは、俺だった。

3　藤間透が最低で何が悪い

あくる朝。

「お……おはようっ」

「……おはようさん」

いつもの時間、いつもの通学路、いつもの場所で灯里伶奈と出くわした。

俺が初めて返した挨拶（あいさつ）に、灯里は笑顔を咲（さ）かせて俺の隣（となり）に並ぶ。

柔（やわ）らかそうな長い黒髪（くろかみ）。くっきりとした二重。気取らないがハッキリとした鼻筋。薄（うす）くリップでもしているのか、ぷるぷると柔らかそうな唇（くちびる）。

「あ、あのっ……？」

「あ、悪い」

そんなつもりはなかったが、かなりまじまじと灯里の顔を見てしまっていたらしい。灯里は恥（は）ずかしいような迷惑（めいわく）なような困ったような、そんなふうに顔を赤らめている。

俺は、知りたかった。俺が最低なのか、灯里が最低なのか。

……俺たちふたりのどちらかは、間違いなく最低なのだ。

「さ、最近、晴れが続いてうれしいね」

「……そうだな」

俺はもちろん灯里が最低だと思ってる。あの日の朱は、夕焼けのせいだと思ってる。

……でも、信じてみたい、と思ったのも事実なのだ。

顔を赤らめて楚々と俺についてくる灯里を。屈託のない笑顔を向けてくる祁答院を。

最初こそ悪意に満ちていたが、昨日楽しそうに採取をしていた高木を。

しかし、こいつらを信じるってことは、こいつらに唾吐いた俺は最低ってことになる。

だれかに底辺だと見下されても、俺は俺を見下さなかった。俺には価値があると。だから、
俺はこいつらをそう簡単には信じない。

「そーいや今日音楽の授業あったよな」

「っ……！　う、うんっ！　あったね！　合唱！」

自分で言うのもなんだが、俺から会話を切り出したことが余程意外だったのか、灯里は弾かれたように身体を俺に向ける。

「あの先生、嫌いなんだよ……」

「えっ？　どうして？　優しくていい先生じゃない？」

「俺が口パクしてると注意してくるんだよ。中学じゃ、どの教師も気づかないふりしてくれてたのに」

「理由がひどい⁉　藤間くんちゃんと歌おうよ！」

ただ、知らなきゃいけないと思った。

俺と灯里、どっちが最低なのか、きっちり決めないといけないと思った。

過去のしがらみだけでこいつらを判断するのはいやだ――そう、思ってしまった。

「だいたいああいうのは団結力が大事なんだよ？　藤間くんが歌わなかったら、そこから歌わなくてもいいかな、って人が増えていって……」

「……お前、思ったより面倒くさいんだな」

「聞いて⁉　私と会話のキャッチボールして⁉　多分いまどちらかっていうと、面倒くさいの藤間くんだよ⁉」

そして思ったよりも声がでかい。

いつもと同じ場所。でも、いつもよりも近い距離。

どちらが正しいか。それを知るには、これくらいまで近づかなければならないのだ。

「その、ありがとな、昨日、砂。祁答院と高木にも言っといてくれ」

四月、桜が散り始めた今日も晴れ。学校へ続く長い坂をふたりで歩く。

今日は寝坊でもしたのか、いつもこの辺りで声をかけてくるはずの高木は、灯里に声をかけてはこなかった。

「おらお前ら、とっとと二人組つくって柔軟体操しろー」

陽光の下、テニスコートの上。

なんで体育教師ってみんな、こんなにも残酷なのだろうか。二人組ができるのが当然みたいなこの風潮、マジでなんとかしてほしい。俺からしたら体罰よりよっぽど問題だわ。

保健室にでも行こうか。やはり腹痛あたりが無難か……なんて考えていると、

「やあ、藤間くん。もしもまだ決まってないなら、俺とどうだい？」

ジャージすらカッコよく着こなすイケメン、祁答院がやってきた。

「んだよ。パリピはパリピと組んでりゃいいだろ」

「パリ……？　あはは、慎也と直人はふたりで組むだろうし、余っちゃってさ。どうだい？」

嘘つけ！　イケメンBとCならお前の後ろで「おい悠真、どこいくんだよ？」みたいな顔してるわ！　つーか男子の誰もがお前と組みたがってるわ！　余りようがねえだろ！

しかし悲しいかな、俺と組んでくれる奇特なやつなんているはずもなく、断る理由がない。泣きたい。

「んあ……よ、よろしく」

「やった！　よろしくね、藤間くん！」

……。

なあ、藤間透。本当にこの笑顔が信じられないっていうのかよ。

柔軟体操を終えると、テニスラケットを担ぐようにしてイケメンB、イケメンCが声をかけてきた。

「なぁ悠真、マジでそいつと組むわけ？」

「悠真は誰にでも優しいよなー」

凄いよな、こいつら。

俺に話しかけてきたわけじゃないのに、俺に聞こえるように俺の悪口を言うんだもんな。

まあ、慣れてるからべつに……。

「慎也、直人。そんな言いかたやめろよ。俺が藤間くんと組みたくてお願いしたんだ」

べつに……いい……？

喧騒が止まった。みな口を塞いで、背中合わせの格好のまま時が止まった。

「なんでいつもそんなに喧嘩腰なんだ。人の痛みがわからないのか？　自分がやられていやなことは他人にしない……そんなの当たりまえのことだろ?」

「あ、いや、ちょ、悠真、マジになんなって」

「そうだって。俺らダチとして悠真が心配で……そんなやつと話してたら、格落とすって」

生まれた静寂を、祁答院のぴしゃりとした言葉と、イケメンBCの取り繕うような言葉が対象的にかき乱す。

イケメンCのそれはいつか、高木が灯里に言った言葉だった。

「いい加減にしろ。ふたりにも亜沙美にもあのとき言っただろ。格ってなんだよ。いったい俺たちのどこが藤間くんより優れているっていうんだ。もしも人間に格があって、優劣があるのなら、いたずらに他者を傷つけるふたりのほうがよほど劣ってる」

場が凍った。どの男子も何事かとこちらを眺めている。

そりゃそうだ。クラスのトップカースト、そのトップオブトップオブトップ、ザ・頂点、祁答院悠真がはじめて見せた怒りなのだから。

いつもにこやかで、爽やかで、穏やかな祁答院悠真が怒っている。そんな静寂をかき消したのは、俺でも祁答院でも目の前のふたりでも体育教師でもなく、

「祁答院くんなんかキレてね?」

「藤間に?」

「なんか藤間じゃなくね？」

「なんで藤間じゃなくてふたりにキレてんの？　内輪もめ？」

同じクラスの野次馬だった。

どっ。

……あっ、おい、ちょっと待て。

どっどっどっどっ……。

まただ。

……また、俺の乗る天秤が、下がった。

その天秤――俺の乗る受け皿の下には、スイッチでも設置してあるのだろうか。

俺の胸を高鳴らせる、スイッチが。

◆　◆　◆

「それでですねっ……どうしようどうしようと思ってたら、なんと高木さんが助けてくれたんですよぅ！」

「んあー……」

アルカディアの朝。

目覚めた瞬間、アッシマーが待ちかねたように鼻息荒く話しかけてきた。

「なんでも灯里さんと鈴原さんがペアになるから余ったって言ってたんですけど、あれ絶対わたしのためですよぅ……」

「んあー……」

「えへへ……バドミントンはわたしがへたっぴすぎて高木さんに怒られちゃいましたけど、でもでもとってもうれしかったですぅ……。まわりにペアができていくなか、ああ、今日はどんな仮病を使おうかなぁ……なんてはわはわしていたら『アッシマーいくよ』って。高木さんは間違いなく後光を背負っていましたぁ……」

「んあー……」

「って藤間くん聞いてます？　聞いてない!?　……えへへぇー……いいですよぉー？　わたし、もう一回最初から懇切丁寧に説明しますね？　えとえと、今日体育あったじゃないですかぁー」

「お前すげえわ。目覚ましよりも鋼鉄の意志持ってるわ。聞いてる。全部聞いてるから、とりあえずその無限ループやめてくれ」

なんか怖えよ。なんかホラーじみてるって。やたら怖くて目ぇ覚めたわ。

「ええーっ⁉　本当に聞いてましたぁ？」

「聞いてたっつーか聞こえてた。……よかったな」

なんか俺と祁答院のあいだでもあったような話だったが、寝起きであんまり頭が回ってないこともあり、素直にそう言ってやると、

「はいっ！」

アッシマーはじつにうれしそうに破顔して、

「これも藤間くんのおかげですぅ……」

「なんで俺が出てくるんだよ」

「だって高木さんが声をかけてくれたのもそうですけど、高木さんの呼び方が『地味子』から『アッシマー』になりましたし……」

あぁ、たしかに。たしかにそれは俺のおかげと言えなくもない。

しかしそれはそれで、俺はどうしてもっといいあだ名をつけてやらなかったのかと後悔がつのる。

「えへへ……」

むう。でもまあよろこんでるし、いい……のか？

俺を馬鹿にしたイケメンBとイケメンCに対する祁答院の一喝は、クラス内に大きな波紋を呼んだ。

いつも仲良しこよしだった六人のグループは気まずくなったのか、体育の授業以降、クラスの後ろでだべるのはイケメンBとイケメンCだけになっていた。

あのとき。

『馬鹿だなお前。ほっときゃいいのに』

『そうかもしれないけど、間違いを正すのも友達の務めだろ？』

祁答院は心の痛みを端正な表情に映しながら、俺に苦笑した。

『そんなの知らねえよ。友達なんて、できたことがないからな』

友達なんていない、要らない。そういうふうに孤高を名乗ることで、無頼を気取ることで、祁答院を遠ざける。

そして俺が受けるはずだった傷を祁答院が受けたからか、採算をとるように自虐する。

我ながらいやになるほどいやなやつだ。だけど、俺は十五年も藤間透をやってるんだ。ほら祁答院、あっち行け。あっち行って『いやーあんな陰キャを庇うなんてどうかしていたよ、ごめん！』って言えよ。まだ間にあうだろ。

しかし祁答院は立ち去らず、唖然とした顔で自らの顔を指差しているのだ。

『……あ？　なんだそれ』

『俺……昨日くらいから、藤間くんの友達だと思ってたんだけど。……あれ？』

『は、はああああああああ？』

ざ、
ざっ、
ざけんなよ、まじでっ……！

『じゃあ藤間くん、いまから友達になろう！　よろしくね！』

『お前なに言ってんの？　いや、ちょ、あ、あー。ほら先生が整列って言ってんぞ。俺、先行くからな』

……と、これが祁答院と俺のやりとりである。祁答院はイケメンふたりを一顧だにせず、俺との会話を優先した。

いったいなんなんだよ。いやがらせかよ。

いまだにこうして寝起き一発の俺の心を揺さぶる……そういうトラップかよ。

俺のような陰キャが最低なのか。それともあいつら陽キャが最低なのか。

そういう密かな闘いを俺がしていると知っていて、そのうえで勝利を収めるためにあんなことをしたのか。

「はあああああ……」

なんでこんなに現実のことを考えなきゃならないのか。

現実がいやで、ようやくこの剣と魔法の世界に来ることができたのに、なんで異世界で現実世界のことをこんなに考えなきゃならないのか。

「じゃあわたし、錬金と加工、はじめちゃいますね」

さて、とアッシマーが立ち上がった。ため息ばかりついていた俺も、頭を切り替える。

「おう。俺も顔洗ったら採取に行くわ。朝飯は？　採取の帰りに買ってくるか？」

「いえっ、というか藤間くん、マジックバッグのなか、オルフェの砂でぱんぱんじゃないですかぁ」

「うっわそうだった」

俺の持つ『☆マジックバッグ』の中身はオルフェの砂×50でみっちり。アッシマーの革袋もオルフェの砂×30でぱんぱん。以前俺がメインで使っていた革袋にはオルフェの白い砂×23が入っている。なんだよこの部屋甲子園かよ。

原因は昨晩。なぜか五人でオルフェの砂を採取し、アッシマーを除く四人が採取スキルを獲得したこともあり、それはもう捗った。

マジックバッグはあっという間にぱんぱんとなり、アッシマーの持っていた革袋も、俺がべつに持っていた革袋もガラスと白い砂でいっぱいだった。

「せめてこの革袋の砂を錬金しますので、藤間くんはどこかで十五分ほど時間をつぶしてきてくださいっ」

……どうしてこうなった。

昨晩の採取。モンスターが増えるため、リスクの高くなる夜にわざわざ採取を行なったのは、効率のためだったはずだ。

俺は採取、アッシマーは作業台での作業。役割を分担すればそれに専念できるし、俺は採取系、アッシマーは調合系のスキルを専門的に習得すればいい。

だから今日の朝から、俺が採取をしているあいだ、アッシマーにオルフェの砂の錬金と調合をしてもらおうと思って昨晩励んだのだが……そうか、革袋か……。

「シャワーにでも行ってくるわ。二十分くらいかかるから焦んなくていいぞ」

「はいですっ」

どっちかの作業が止まったら意味がないんだよなぁ……。

ともかく。

滑り出しは失敗だが、シャワーでいやな気分も流し、誓いも新たに今日が始まった。

俺たちは今日、生活費の２シルバー、そしてリディアから購入する『コボルトの意思』

の代金、最低7シルバーを稼がなきゃいけない。

24カッパーの薬湯三十本ぶんか……。頑張らなきゃな。

俺は拳を握り宿屋を出ると、賑やかになってきたエシュメルデの喧騒と門を足早に南へと抜けた。


「アッシマー、ここに革袋置いとくぞ。エペ草とライフハーブが十五枚ずつ入ってるから」

「はいっ、このマジックバッグ持っていってください。あっ、ごめんなさい……朝ごはんまだ買いに行けてないんです……」

「いいってべつに。俺、採取の帰りにでも買ってくるから」

「藤間くん、もう行くんですかぁ？　すこしくらい休憩……」

「いやいい。八十単位あった砂はどうなった？」

「三十六枚のガラスになって、いまビンにしてるところですっ。成功数は確率どおりって感じですかねぇ」

「いい感じだな。じゃ、いってくる」

「はいっ。……えへへ、いってらっしゃいですっ」

アッシマーの言いかたに若干の照れくささを感じながら宿を出た。

確率でいえば、三十六枚のガラスは三十ほどのビンになるだろう。
問題は薬草とオルフェのビンを組み合わせる薬湯の調合だな。
……なんにせよ、夜までに7シルバーという目標は悠々(ゆうゆう)達成できそうだ。

《採取結果》

34回
採取LV3→×1.3
草原採取LV1→1.1
↓
48ポイント

判定→C
エペ草×3を獲得

やっぱり砂より草の採取のほうが難しい。

さすがにもう白い光を完全に見失うほどの愚は犯さないが、砂ほどパターンが簡単じゃないから、思いっきり予想と違うところに出現するときがあって、それが時間のロスにつながっている。

「坊主、なかなか上手くなったじゃねぇか！　ガハハハハ！」

「うっさ……」

採取をしているとよく絡んでくるこのオッサンは『ダンベンジリ』という名前らしい。聞き慣れない名前。

彼は人間ではなく、ティニールという種族だ。ティニールは人間からすればすこし変わった名前が多いのだとか。

背が低く小太り。白い髭がたっぷりと蓄えられているが、頭髪はなくつるつるだ。こう言うと清潔感のかけらもない感じだが、ダンベンジリのオッサンから悪臭など一度もしたことがない。なんでもティニールは総じて綺麗好きなんだそうだ。

戦闘力は低いが器用で、採取、調合、農耕などで生計を立てているものが多く、俺みたいな落第勇者との絡みも多い。

「どうだ坊主、そろそろ闘えるようになったか？」

「なんねえよ。もしかしたら今日明日に変わるかもしれねえけど」

「ほう？　そりゃ楽しみだ」

「楽しみ？」

「じつはな、ここよりすこし南に行くと、マンドレイクが採取できる場所があるんだ。坊主が用心棒してくれりゃありがてぇんだがなあ！　ガハハハハ！」

「ざけんな、調子いいこと言いやがって。……ん？」

オッサンのガハガハ笑う顔越しに見える、街とは逆のほうから迫り来るふたつの影。麻の服に毛むくじゃらの身体、犬の頭。なによりもそいつらは、両手に槍を抱えている。

「うおぉぉおぉああああやべえ！　コボルトだ！」

腹の底から震える声をあげると、採取をしているヤツらは俺の声に弾かれるように、街の方向へ一目散に駆け出した。

「「うわあぁぁぁぁああ!!」」

もちろん俺を含めて。

「オッサン急げっ！」

「ぬおおおおお！　おっ？」

ドテッ。

俺の背中で、つまらない音が鳴った。

「オッサンっ！」

「ひっ……ひっ……！」

あのハゲ、コケやがった……！

「「グァウッ！」」

俺より後ろにいた全員……十人ほどが、うつ伏せに倒れ込んだオッサンに見向きもせず次々と俺を追い抜いてゆく。

「坊主、ワシに構うな！　行け！　回収だけ頼む！」

「ふっざけんなよゴルァアアアアア！」

回収ってなんだよ！　ワシに構うなってなんだよ！　異世界から来た俺はともかく、オッサンは死んだら終わりだろ！

……くっそおぉぉおおおおお！

「ぼ、坊主、お前……？」

「立てッ！　早くッ！」

オッサンの両脇を両手で引っ張りあげ、足がすくんで立てない身体を無理矢理起こすと、二体のコボルトはもう近くまで迫っていた。

ふざけんなよ、マジで何やってんだよ俺。

他人のための勇気なんて、もう二度とふるわないって決めただろ。

「行けオッサン！　振り返んな！」

「坊主……坊主……！」

「はやく行けっつってんだろおおおおおおおおッッッッ!!」

「ひっ……ひいいっ……！」

のたのたと遠ざかってゆく足音ひとつ。

獲物を定めて近づいてくる足音ふたつ。

「悪いな。お前らの朝飯は俺だけだ」

……さて、格好つけたはいいが、勝てる算盤なんて持ってねえ。

つーか、マジでアホだよな、俺。痛い目にあって、損するのなんてわかってんのに。

しかも助けたのは美少女でも金持ちでもなく、ティニールのオッサン……。

「犬っころども！　遊んでやるッ！　鬼ごっこだッッ！」

頼むぜ【逃走ＬＶ１】！

オッサンの逃げ道である南門には逃げられない。

俺はエシュメルデの東――砂浜へと、二体のコボルトを引き連れて駆け出した。

雨、雨が降ってる。

あ、やべ、朝に使ったタオルが干しっぱなしじゃん。仕舞わないと……。

……。

目が覚めると、よくわからない状況だった。

たいして美人ともいえない顔と、美少女と言って遜色ない顔と、筆舌に尽くしがたい美女が俺を覗きこんでいた。

アッシマー。灯里伶奈。そしてリディアの三人が俺を見下ろしている。

雨雲は、アッシマーと灯里の瞳だった。

「んあー……」

なんだこれ、どんな状況だよ。

「うくっ……ひっく……！」

「藤間くん……藤間くん……」

「透のばか」

アルカディアでの俺の部屋。とまり木の翡翠亭２０１号室。

アッシマーとリディアはともかく、なんで灯里までここにいるんだよ。

「藤間くん……」

部屋の真ん中には祁答院、高木、そしてトップカーストのビッチBまでいる。

「藤間くん、本当にごめん、守りきれなくて……。俺たちもリディアさんが来てくれなかったら、間違いなく全滅だった」

なぜ祁答院たちがここにいて、俺に頭を下げているのか。そしてなぜ、祁答院がリディアのことを知っているのか。

「んあー……」

とにかく、二度寝していいかな。

「あんた、覚えてないの？」

「大変だったんだよー？　……っていっても、藤間くんほどじゃないけどー……」

高木とビッチB……アッシマーの話だとたしか鈴原っていったっけな……が、ふわっとした茶髪のショートヘアを揺らしながら俺の視界に入ってくる。

「んあー……」

「いやあんたいい加減起きろし」

高木が視界の端でため息をついた。いやしょうがないだろ、寝起きは弱いんだって。

つーかアッシマーと灯里のふたりは、なんで泣いてんだよ……。

「藤間くん、コボルトに追われながら砂浜を走っていたことは覚えているかい？」

コボルトに？　俺が？

……。………。

あ、そうだわ。死んだわ、俺。

たしか、オッサンが南門まで逃げたことを確認して、俺はコボルト二体を連れて、街の東——砂浜に向かったんだ。


「「ギャアアウッ！」」

身の毛もよだつ咆哮を背に浴びながら、足場の悪い砂の上を駆ける。

俺がわざわざ逃げ場所に砂浜を選んだのは——

「はあっ、はあっ……！　どうだっ……！　裸足のお前らにゃ、砂浜はキツいだろっ……！」

まだ午前中だから砂はさして熱くない。しかし、その辺はガラスが落ちてて足の裏に刺さるだろっ！

「「グァウッ！」」

しかし、くそっ……！　蹠の皮が厚いのか、めげずに追いかけてきやがるっ……！

エシュメルデ東門まであと五分ってところか？　そこまで持つのか？　俺の足……！

「藤間くんっ！」

疲労困憊、意識朦朧のなか、俺が逃げる先――街のほうから砂浜を駆けてくるのは、祁答院、灯里、高木、そして鈴原の四人だった。

なんでこんなところにこいつらが……！　やべぇ、このままじゃモンスターを擦りつけちまう……！

「藤なんとかぁ！　左右どっちかに跳べっ！」

「――っ！」

藤間だっつってんだろ⁉　遠くに見える高木にそんな言葉を吐く余裕なんてあるはずもなく、俺は思いっきり左へと、ハンターもびっくりのダイブをかます。俺の顔面が砂に埋まる直前、

「るあぁっ！」

「えいっ！」

洋弓から矢を放つ高木と鈴原の姿が目に入り――

「がああああっ……！」

それをかわすように、俺は砂に顔面から勢いよく突っ込んだ。鼻頭にキーンとした痛みがまずやって来て、それに気づいた頃には顔全体に焼けるような痛みが広がっていた。

「藤間くん、立って！」

慌てて走ってきた祁答院が俺を起こし、自らの背に庇う。

痛ってぇ……！　鼻が詰まったような感覚。次いでぬるりと温かいものが口元を濡らした。……鼻血だ。

「「グァウ……！」」

コボルトは二体とも胸を押さえて呻いている。

「其は敵を穿つ火の一矢也！　火矢！」

赤い高速の矢が眼前を通り過ぎてゆき、コボルトの片方を焼き焦がして緑の光に変えた。

「いくぞっ……！」

祁答院が手でここにいろと俺を制し、残ったコボルトへ果敢に突っ込んでゆく。

祁答院はコボルトの繰り出す槍を左手の盾で防ぐ。横に払った剣は後ろにかわされ、しかし勇敢に詰め寄って至近距離をキープし、コボルトに槍を繰り出させない。リーチという槍のアドバンテージを完全に殺している。

ミドルレンジでは槍が有利になる。だから祁答院は接近するが、超インファイトになってしまえばコボルトの鋭い牙にやられてしまうだろう。

祁答院はそのあたりの妙を理解していた。俺が採取に打ち込んでいた一週間、祁答院はこうやって闘っていたのだろう。

斬りかかる。苛ついたように振られた槍を盾で受け止める。

一度逆袈裟に斬りつけるが、コボルトはすこし怯んだだけで、ふたたび瞳に獰猛を宿して蹴りを仕掛けてゆく。

激しい攻防。どちらかといえば祁答院が押している。くそっ、せめてコボルトの足だけでも封じたい……！

そう思いコボルトの背後に回り込もうとすると……。

見えた。見えてしまった。

遠くにある木々。波打ち際とは逆側の木々。そこで、銀色の何かが煌めいた。

視線の奥の木陰に潜む、犬顔の群れ。あろうことか、やつらは弓を構えていた。

どっちだ。どっちを狙ってるんだ。

……こっちか⁉

祁答院と女子三人。きっと俺の中の〝男子〟が〝女子〟を守ろうと、跳んだ。

飛んできたのは、矢。それも、一本ではない、無数の銀色。

顔面に衝撃。

「「きゃあああああああ？」」

「藤間くんっ？　藤間くんっ！」

そのあたりで俺の意識は途切れた。いろんなところが燃え盛るように熱くて、もうどこに矢が刺さったのかもわからなかった。


「うっわそうだわ。俺死んだわ。なに、矢で死んだの？　あの矢はどこに刺さったんだ？」

「聞きたい？　痛ってぇけど」

高木が両手で自分の肩を抱く。

「いちおう知っておきたい」

「あんた、両手広げて……その、あたしたちのこと庇ったじゃん」

庇ったという認識は俺にはない。戦闘力のないやつが盾になるべきだと思い、そうしただけだ。

「その……たぶん十箇所くらいなんだけど……両手両足に一本ずつ、胸に二本、喉に二本、右目に三本くらい刺さってて……か、貫通してるのもあって――」

「あ、すまん、もういいわ。痛くなってきた」

なんだよそれ、どんなグロ画像なんだよ……。目に三本って……うわぁ想像だけで目が痛ぇ……。逆に即死(そくし)できてよかったんじゃねえのかそれ。

半身を起こした俺のそばで、灯里は泣きながら震えている。あー……近くでそんなグロいの見ちまったら、女子ってこうなっちまうのかもな。よく知らんけど。

「ウチらは無傷だったしー。どんな奇跡(きせき)かわかんないけどー。あの矢、全部藤間くんが受け止めてくれたんだよねー」

「あーね。結局、藤…………間？　に全部の矢が刺さって、あたしらのところに一本も来なかったし」

その言葉にほっとする。

こいつらがここにいるってことは、誰も死ななかったってことだ。これで誰かが死んでいたら、モンスターを擦(なす)りつけた俺は大戦犯になっちまう。

「でも大量の矢が飛んできたってことは、めっちゃモンスターがいたんだろ？　上手く逃げられたのか？」

「あの数はさすがに無理そうでね。どうしようかと思っていたら、リディアさんが来てくれたんだ」

「透をまた、すくえなかった」

リディア？　リディアがどうして……？

「ひとりのティニールが、まちなかでさけんでいた。『陰気臭い勇者の坊主が、ワシの代わりに死んじまう。あの坊主、戦えねえんだ。誰か助けてくれよ』……と。わたしはすぐに透のことだとおもって、南門へむかった。でも透はいなかった」

抑揚のないリディアの声だが、ダンベンジリのオッサンのことだとわかる。ああ、助けを呼んでくれていたのか……。

「わたしはすぐ南門を出てからぐるりと東門へむかった。街からとおい南はきけん。それを知っている透がそっちににげるはずがない」

「同じころ、俺たちも彼の悲鳴を聞いていたんだ。南門へ向かう冒険者を見て、伶奈が『私たちは東門から』って走っていってしまって、それが功を奏したんだけど………」

「藤間くん、ごめんなさいっ……！　助けたかったのに、私、また……また、助けられて……私っ……！」

あー……。

こいつらがあそこにいたのって、偶然じゃなかったのか……。

俺を、助けようとしてくれていたんだな……。こんな、俺を。

誰も信じられなくて、遠ざけて、傷つけて。

自分を信じるためには、他人を疑うしかなくて。

もう、なにがなんだかわからない。

信じて、いいのか。この涙を、信じていいのか。

この涙を信じるということは。

「灯里」

足掻いて、踠いて、抗って。

捻れて拗らせて捻くれた俺が、ついに認めた。

「灯里……悪い。俺、最低だったな。ごめんな」

最底辺の俺が、やはり最低だったのだと。

灯里は手の甲でぐしぐしと涙を拭いて、俺になにかを伝えようとするが、

「どうして藤間くんが謝るの……？　ぐすっ……ひっく……！　藤間くんは、最低なんかじゃないよ……。ぐすっ」

俺のベッドに乗せた自らの両腕に顔を埋めてしまう。

この衆目のなかで、あの日の告白のこともだ、と告げることなどできず、ならばいまは、と祁答院に顔を向ける。

「祁答院、お前にもひどいことを言っちまった。お前が悪いわけじゃないのに、お前をパリピだと……俺を虐めてきたパリピだと一括りにして、勝手に敵だと思って牙を剥いた。お前は俺に……ずっと優しくしてくれていたのにな。本当にすまん」

「パリ……？　俺は藤間くんからひどいことを言われたなんて思っていないよ」

そう言って、ほがらかに笑う祁答院。

あーくそ、主人公だわ。こういうやつが異世界で無双してハーレムをつくるんだわ。

「ついでに高木と鈴原もすまん。もしかしたら言いすぎたこともあるかもしれん」

「軽っ！　ついでってなに！」

「あははー、むしろ謝るのはウチらだよー。ごめんね？　その……藤間くんがすこし怖くって、ひどいこと言っちゃったかもー……」

鈴原はともかくとして、高木お前、俺のこと虫とかキモイとか散々言ってただろうが。

「でもさ、やっぱあたしも悪かった。……あたし中学までちょっとアレで。高校ではナメられないように、無意識にいやなやつになっちゃってたかも……ごめん」

ぶっちゃけそれもどうかと思うが、俺は、高木亜沙美がただムカつくビッチってだけではないことを、すでに知っている。

底抜けにいいやつの祁答院か、友人の灯里に引っ張られてのことだとは思うが、それでも一生懸命に砂を集めてくれて……こんな俺に、歩み寄ってくれたんだ。

「あんたってなんか暗いし根暗っぽいし陰キャみたいだしさー」

「なんだよこらちょっと見直したらフルボッコかよ。ついでにそれ意味ほぼ被ってんじゃねえか」

俺が胡乱な視線を向けるも、高木は意に介した素振りを微塵も見せず、人差し指をあごに当て「んー」と視線を上に向ける。

「でも伶奈から話聞いたり、こっちでのあんた見てるとさ……なんてゆーの？　……えーと……案外話せるっつーか」

「やっと引っ張り出したいいところが『案外話せる』かよ」

「あんたと喋って、ビッチとか言われてマジでムカついたこともあったけど、あたしもあんたに結構言ったし、これでチャラね」

「お、おう」

突き出される高木の拳。右手の甲を布団で拭い、グーを作ってそれにコツンと合わせた。

「ぷっ……。藤木、超テンパってんじゃゃん。キモっ」

「んだとこらクソビッチ。こちとらお前と違って人肌に触れ慣れてねえんだよ」

売り言葉に買い言葉。いまにも俺に掴みかかりそうな高木を祁答院が止めた。

「いやだっておかしいっしょ！　あたしキモいとしか言ってないのに、こいつクソビッチって二個も悪口言った！」

「待てやコラ。キモいの前にお前また俺の名前間違えてるからな。これも悪口に含むだろ」

「しょうがなくね？　これもうあたしじゃなくて覚えにくい名前のあんたが悪くね？」

「ざけんな、前から思ってたけど藤間より高木のほうが覚えにくいだろうが」

「それはない。現にあたしが覚えらんなくてあんたがあたしの名前を覚えてるのがその証拠。はいあたしの勝ち」

「違う。俺のほうが頭いいから。はい論破」

「は？」

「あん？」

「亜沙美、藤間くんも。せっかく仲良くなったのに、喧嘩はよくないだろ」

「「仲良くなってねーし！」」

高木と唾を飛ばす勢いで向かいあいながらも、このムカつく女の印象は変わっていた。

これから高木にどんなムカつくことを言われても、それはきっとイジメなんかではなく、喧嘩なのだと。

祁答院悠真と灯里伶奈、そして鈴原香菜が「おじゃましました」と丁寧に頭を下げて、最後に高木亜沙美が「んべ」と俺に舌を出して部屋を出ていった。あの女……。

宿の前にいた女将に、この宿のシステムや料金設定を訊いている灯里の姿が二階の窓から見え、いやな予感を覚えながらもう一度ベッドに腰かけた。

向こうの壁……ベッドには美しくもぬぼっとしたリディアと、ありえないくらい頬をふくらませた涙目のアッシマーがいた。

「えーと……わかった。トノサマガエル」

「モノマネなんてしてませんよ！　しかもなんなんですかそのかわいくないモチーフ！」

違った。そっくりだったんだけどなぁ……。

「わたしは怒ってるんですよ！　いっつも無理して、毎日のように死んで！　おじさん助けて死ぬとかなに考えてるんですか⁉　なんのフラグ立てようとしてるんですか⁉　男！　男って！　イケメンなら需要ありますけどおじさんとか一般受けしませんよ⁉」

「やべぇ、もはやお前が何に怒っているのかわからねえ」

「なんで毎日死んじゃうんですかぁ……。なんでわたしは部屋でぬくぬくとしてるのに、なんでいっつも藤間くんだけ死んでるんですかぁ……。しかもひどい死にかたして……」

「んなこと言われてもな……。いまはこうして無事なんだし、もういいじゃねえか」

「よくないですよぅ……。わたし、藤間くんに雇われてるんですよ？　どうしてわたしより藤間くんのほうがいつもひどい目にあってるんですかぁ……」

「馬鹿、うちはブラックじゃねえんだよ。社長ってのは矢面に立ってなんぼだろ。ほら、矢で死んだだけに」

「キレわるっ……」

「うっせえよ」

アッシマーの気持ちはわかる。立場が逆なら俺だってそう思うだろう。

でも、俺にだって意地はある。いざ自分が最低だったと改めて知り、灯里にはまだちゃんと謝れていないけど、女の陰に隠れたくないっていう意地は残ってる。

「……透。５シルバーたまった」

「まだだ。夜までには貯める。アッシマー、ライフハーブ二十五……あれ、二十四枚しかねぇ。あー、死んで一枚ロストしたな。これとエペ草九枚を置いていくから。調合頼んだわ」

「……また行くんですか？」

「まって。いくのならさきにコボルトの意思をわたす。おかねはあとでいい」

アッシマーが心配そうに立ち上がり、リディアは青い光を放つクリスタルを差し出して

きた。俺はそのどれをも拒否し、

「いらねえ。……悪い、これは何回死んでも譲れない」

マジックバッグを担いで部屋を出た。階段を下りる際、アッシマーの、俺を引き留めようとする声を背中に浴びながら、それがなるべく早く聞こえなくなるように宿を出て、街の雑踏へと身を紛れこませてゆく。

——当たり前だ。信念って、死んでも譲れないもんのことをいうんだ。

ましてや死んでも死なない世界。

槍で突かれても、矢でハリネズミになっても、絶対に折りはしない。

だって、俺を貫く矢よりも槍よりも、俺の貫く信念のほうがずっと太いから。

待ってろよ。俺はチートに頼りきらず、他人に頼りきることなく、召喚士になってみせるから。

街が混んでいる。時間はすでに昼前になっていて、そういえば朝からなにも食べていないことを思い出し、急に覚えた空腹に思わず腹を押さえた。

4　嫌(きら)いな理由

相対性理論というやつだろうか。昼前から夕方までは一瞬(いっしゅん)だった。夜までに生活費含め7シルバーを貯めるという目的のため、ひたすら採取をした。

エペ草とライフハーブを集め、黒パンを購入(こうにゅう)し宿へ戻(もど)り、荷物とアッシマーの黒パンを置き、黒パンを齧(かじ)りながら砂浜へ。モンスターと出くわして必死に逃げ、また採取に戻って……。

目まぐるしい一日だった。アッシマーの言う通り、昨日スキルブックを買わずに貯めておけばこんな苦労はしなくてよかったのかもしれない。

やはりそれでも、ふたりで肩を寄せあって生きているのに、二日ぶんの利益を俺ひとりに使うのは躊躇(ためら)われた。

召喚というのは、与(あた)えられた力だ。まだ日の目を浴びていない、与えられた力だ。

だからこそ俺は、召喚に必要な『モンスターの意思』を自らの力で手に入れたかった。

すべてが与えられた力じゃ、カッコ悪いと思うから。

俺が【オリュンポス】というユニークスキルを使い、召喚魔法で無双するようなことがあっても、俺は俺に誇りを持って立っていたい。

だから俺は、自分の力で、力を手に入れる。

「藤間くん、頑張りすぎですよぅ……」

「うっせ……こんだけあれば……だいじょぶ……だろ……」

「ああーっ！　藤間くんだめですよぅ、そのままベッドに倒れちゃ！　はわわ、びっちょびちょ……。もー、先にシャワーに行ってくださいよぅ……」

「んあー……。そう、だな。行って、くる……」

ふらふらの身体に鞭打って、窓際にかかったタオル、上下のボロギレ、生活費から10カッパー、そして山のように積まれたエペ草を二枚ほど取り出して宿を出た。

いつもよりもぬるめのシャワーを浴び、洗浄効果のあるエペ草をこすりあわせ、泡立てて身体、髪の毛と洗ってゆく。

タオルでいつもより雑に身体を拭き、ボロギレに着替えた。うーん、なぜかコモンパンツより股間が安定する。

宿の女将に声をかけ、宿屋の裏で汗に塗れたコモンシャツとコモンパンツをエペ草で洗ってゆく。

うー、寒いなぁ。水、冷たいなぁ……。

……。

………。

…………。

……………………あれ。

なんだこれ。なんで俺、横になってんの？

ここ、どこだっけ。宿の裏……？

んあ……アッシマー……？　なんであいつ、慌ててこっちに走ってきてんだよ。

「藤間くん！　藤間くん、藤間くんっ……！」

やめろ、顔近いんだよ。たいして美人でもない顔が……。

――でも、なぜか、俺を揺さぶるその顔が、近いんだよ。

「なんでっ⁉　どうして⁉　藤間くんっ！　藤間くんっ……！　誰かっ！　誰かいませんか⁉　藤間くんが……！」

俺ならここにいるって。でかい声出すなよ。恥ずかしいだろ。

……でもそんな声はなぜか口から出なくて。

筋肉の動かし方を忘れたように、口は動かなくて。

喋れないなら、仕方ない。

……でも、これだけはしなくちゃ。

横向きに倒れたまま身体の下敷きになっていない左腕に力を込める。……すこし、動く。

頑張れ、俺。

どうにかして左腕を眼前にあるアッシマーの顔に持ってゆくと、次に手、指、と力を込めてゆく。

まに、あえ。

「藤間くん、藤間くんっ……！　……藤間、くん？」

大きな瞳だけはチャームポイントと言えなくもないが、特別綺麗でも好みでもない地味めな顔。

……でも、いまのかおは、いちばんきらいだ。

俺の左手親指が、アッシマーの右瞳から溢れる、嫌いな理由をそっと拭った。

「藤間……くん……」

ぁ……馬鹿。左手じゃ、左目は拭えないじゃねえか。

いまになって、そんな当然のことに気がついた。

仕方ねえだろ。こちとらいままで人と関わってこなかったエリート陰キャなんだから。

……あ、マナフライ。

夕焼けから夜に切り替わろうとするエシュメルデ。

アッシマーの顔に、嫌いな理由がまだ半分だけ残っていることを悔いながら、俺はゆっくりと意識を手放した。


……あれ。天井だ。

陽の光ではない。……これはランタンの、人工的な灯り。

「藤間くんっ……！」

「んあー……？」

俺が首を横に傾けると同時に、アッシマーがベッド脇に駆け寄ってきて屈む。

「藤間くんはばかですっ……！　もうほんと……ばかですっ……！」

なんかこいつ、まーた泣いてる……。

「でも、わたしのほうがもっとばかでしたっ……！　ごめんなさい、藤間くんごめんなさい……。うううぅー……」

「んあー……？」

なんだかよくわからない。半身を起こすと向こうのベッドではリディアが座っていて、ランタンで橙に彩られた美しい顔を俺に向けていた。

「透は、ほんとうにばか」

「……んあー……。もしかして俺……また死んだの？」

「死んだ」

えー……なんで？　相変わらず、死ぬ前の記憶がない。

なんとなくシャワーをしたところまでは覚えてるんだけどな……。

「藤間くん、宿の裏で倒れてたんです。泡吹いて」

「宿の裏……ああそうか、たしか俺、コモンシャツとコモンパンツを洗いに行った……んだよな」

「わたし、びっくりして……大きな声で助けを呼んだんですけど、女将さんも不在で、お医者さんとかもわからなくて、とにかく部屋で休ませなきゃって思って藤間くんを背負ったんです」

「お前が？　俺を？」

胸以外ちっこい身体でよくやるよな……。

「ぐすっ……。そしたらっ……！　階段の途中で緑の光が見えてっ……！　振り返ったら藤間くんが緑に光っててっ……！　背中が軽くなってっ……！」

そして部屋に戻ると、俺のベッドに、

《復活まで119分》

というウィンドウ表示があったという。

「藤間くんごめんなさいっ……！　わたし、藤間くんがとってもとっても疲れてるのわかってて、ベッドが汚れるからってシャワーに追い出して……！」

あー……。こいつ、そんなことで責任感じて泣いてんのかよ。

「お前が謝ることなんて何ひとつねえだろ。……つーか俺なんで死んだの？」

「たぶん過労。SPの枯渇による臓器不全」

リディアが向こうのベッドから教えてくれる。

「身の丈にあったことをしたほうがいい。透はLV1。SPもたかくない。必ず死ぬとかいて必死。必死ではたらいたら死ぬのはとうぜん」

なんという言葉の隙を突いた揶揄か。たしかに必死を英語にするとDesperateだけど、漢字をそのまま英語にしちゃうとMust Dieだもんな。

しかしまあリディアに言わせれば、この〝必死に働いたら死ぬ〟というのはアルカディアにおいては珍しくないようで、とくに異世界勇者によく見られるという。

その原因は、現実にはない〝ステータス〟にあるらしい……と言えば語弊だろうか。

ステータスは現実でも客観的にスポーツ選手などを評価して、打率や勝率を明らかにして、こいつのピッチングはB、ならあいつはAだな、なんて評価の道具に使うこともある。しかしこの世界におけるステータスは、誰が見ていて誰が評価しているのかなんてわからないが、まるでゲームのようにHPやSP、MPが存在する。

RPG(ロールプレイングゲーム)に触れたことのある諸兄(しょけい)ならばご存知(ぞんじ)だろうが、HPがなくなると戦闘(せんとう)不能になったり棺桶(かんおけ)に入れられたり『しんでしまうとはなさけない!』と、僅(わず)かな金と銅製の剣(けん)しか与えてくれなかった王様から理不尽(りふじん)に叱(しか)られたりする。運が悪ければ灰になったりもする。

異世界(アルカディア)ではHPが0になると緑の光に包まれ、二時間後に拠点(きょてん)で復活するんだが、リディアの話によれば、SPやMPが0になるとゲームで言うところの状態異常になり、ふらふらになったり幻覚(げんかく)が見えたり錯乱(さくらん)したりするらしい。そしてそれを休憩(きゅうけい)や回復をせずにしておくと、HPに影響(えいきょう)を及(およ)ぼすようだ。

俺の場合、採取や移動でSPを使用し続け、限界を超(こ)えても採取、移動、シャワーや洗濯(せんたく)という『運動』を続けた結果HPが0になって死んでしまったのではないかとリディアは言う。……たしかにさっきの俺、ふらっふらだったわ。

「アッシマー、泣かなくていいだろ。お前が責任感じることなんて」

「わたしが責任を感じたせいで泣いてると思っているのなら……藤間くんはもっとばかですっ」

「………………」

「じゃあ目薬でもさしたのか？」とすっとぼけられるほど俺は鈍感じゃないし「心配してくれたんだろ？　ごめんな……」なんて言えるほど図々しくもなくて、ラノベ主人公のようにアッシマーの頭にそっと手を乗せられるはずもない。

だから、

「すまんかった。……次から気をつける」

話を終わらせるようにそれだけ言った。アッシマーは俺の意図に気づいたのか、腕で目をぐしぐしと擦り、ため息。

「はぁぁ……過労死っていうんですかね、それとも燃え尽き症候群っていうんですかね。はぁぁ……ともあれ、二回死んでまで曲げなかった信念が実りましたよ」

信念が、実った。なんだかおかしい日本語な気はするが、それはつまり——

「7シルバー……貯まったのか？　7シルバーっていうことは、24カッパーの薬湯が三十個以上完成したってことだよな？」

それが信じられなくて、不安げにアッシマーを見やる。

「ふふっ……もうっ。藤間くんがいくつ素材を集めてきたと思ってるんですか」

アッシマーはようやく表情に柔らかな笑みを灯し、すっくと立ち上がる。

そして向かうは、己のストレージボックス。そこからカチャカチャと音を立てて、緑の液体が入ったビンを作業台の上に置いてゆく。

「これで終わりです」とアッシマーが言ったとき、作業台には毒々しい液体の入ったビンがずらりと並んでいた。

「おいお前、これ……」

目をぱちくりさせる俺にアッシマーは一度横目を流し、ふふっと笑ったあと、

「リディアさん、四十六本あります。藤間くんと取引をお願いします」

「わかった。全部かわせてもらう。はい、透」

なんだこれなんだこれ。思わず上向きで差し出した右手の甲にリディアの左手が下から添えられて、すこし汗ばんだ手のひらに、細くしなやかで柔らかいリディアの右手が乗り、離れたときには俺の手に数枚の硬貨が載っていた。

見慣れた銅貨が四枚、最近見なれた銀貨が一枚、そして見たことのない大きめの銀貨が一枚。

「えっ、えっ、おい、これなんだ」

「大銀貨。一枚10シルバー。薬湯四十六本で11シルバーと4カッパー。お取引、ありがとうございました」

俺に軽く頭を下げて薬湯の群れに手を翳し、収納の魔法なのかはしらないが、ビンを次々とかき消してゆくリディア。

11……シルバー？

「藤間くん藤間くん、それだけじゃありませんよぅ？　藤間くんが集めたオルフェの白い砂ですけど、三十単位……革袋いっぱい溜まってますので、これをココナさんに売ればさらに2シルバーと革袋が貰えますっ」

え、まじか。

あー……そうか。

俺、採取が終わって、シャワーして、洗濯して……。

俺、達成感を感じてたわ。これだけあればさすがに大丈夫だろうって。

それでやりきって……アッシマーの言うとおり、燃え尽きたんだな。

13シルバー4カッパーと革袋。

生活費や革袋を抜いても、ひとり当たり5シルバー以上稼いでいる。

大丈夫。いまなら、大丈夫。誰かが決めるわけじゃないから、俺が決める。いまなら『あいつ』と、堂々と向き合える。

「リディア」

「ん」

短いやりとり。しかしここにいる三人はきっと全員わかっている。いまからなにが行われるのかを。

リディアの手に、青い煌めき。

俺の胸を高鳴らせる感情は、今度こそときめきだった。

『コボルトの意思』。

これを使えば、俺は召喚モンスターを使役(しえき)できるようになる。

「待たせて悪かった」

キィン――

俺にはこいつが俺の言葉に反応している――そんな気がした。

「お前を、俺のものにする」

キィン――

握(にぎ)った指の隙間(すきま)から、早く、早くと急(せ)かすように放たれる光線。握り拳(こぶし)を胸に押しつけると、それはすっと俺の胸に溶(と)けていった。

「あー……なんだろう。凄(すご)くわかる。俺、召喚士になったわ」

目には見えないし、何かが聴こえるわけじゃない。でもわかる。

もう一度胸に手のひらを合わせ、ひとり呟いた。

「いるんだよな。ここに。……コボたろう」

「うんうん、良かったですねぇ藤間くん……。えへへ、なんだかうれしくって、また涙が……。……？　藤間くんいまなんて言いました⁉」

「……んだよ」

「コボたろう！　コボたろうって言いました⁉　なんかもうちょっといい名前なかったんですか⁉」

「おうこらヤマシミコ。コボたろうを悪く言ったら許さねえぞ」

「いえいえいえいえ悪いのは藤間くんのネーミングセンスですよ！　っていうかなんなんですか早くもその愛情！」

「あんちょく。でも透がそれでいいならいいとおもう。召喚モンスターは名前をあたえられると強くなる。どこかでしってたの」

「いや知らねえ。でもずっとコボたろうって名前にしようと思ってた。なんだろう、すげえ嬉しい」

「召喚のやりかたはわかる」

「なんとなく。コボたろうを胸に入れたとき、色々と流れ込んできた」
召喚士になった実感と一緒に流れ込んできた情報。

《オリュンポスを起動》

コボたろう（マイナーコボルト）
消費MP9　状態：待機中
召喚可能時間：110分

☆転生数0
LV　1／5
EXP　0／3

HP　15／15
SP　10／10

ＭＰ　２／２

▼――特性スキル

マイナーコボルトＬＶ１

全身に武具を装備することができる。槍の扱いに適性を得る。

コボルトボックスＬＶ１

容量５まで収納できるアイテムボックスを持つ。

▼――パッシブスキル

【スキルスロット数：１】

なし

▼――装備

コボルトの槍　ＡＴＫ1.00

ボロギレ（上）

ボロギレ（下）

▼――その他補正

★オリュンポスＬＶ１

召喚モンスターのＬＶに応じたスキルブックがセットできる。

全召喚モンスターの全能力、召喚可能時間↓×1.1

ステータスモノリスがなくてもコボたろうのステータスが閲覧できた。

俺の目の前、その虚空に現れたウィンドウをアッシマーとリディアが覗きこむ。

「藤間くん、本当に召喚士になったんですねぇ……」

「おめでとう透」

まだ実際に召喚したわけではないが、胸に灯った熱は、俺が召喚士になったんだと実感させてくれた。

「ありがとうな、アッシマー、リディア。俺、自分の力でこいつを手に入れるって言ってたけど、なんだかんだ、ひとりじゃ無理だったわ」

生活費を抜いて手に入れた11シルバーは、俺とアッシマーが協力し、リディアが取引してくれたからこそ生まれた金だ。

ついでに言うなら薬湯に使われたビンの素材はオルフェの砂だ。オルフェの砂には、祁答院や灯里、高木の汗も混ざっている。だから、自分の力だけで手に入れたわけではない。

……それなのに、それがなぜか誇らしかった。

コボたろうを召喚して街の外へ出掛けたかったが、夜は危険だからダメだとアッシマーとリディアに止められた。くそう。

やはり一日で二回も死んだからだろうか、めちゃくちゃ過保護だ。むしろめっちゃ警戒されている。

「透、ステータスをみせて」

「ん、なんだ急に」

「みたい」

唐突な話で、しかも会話が成立していない気もするが、別に隠しているわけでもないから、ステータスモノリスに触れた。

藤間透　☆転生数0
LV　1／5
EXP　0／7
▼

HP　10／10　防具HP1
SP　10／10
MP　10／10
▼――ユニークスキル
オリュンポス　LV1
　召喚魔法に大きな適性を得る。
▼――パッシブスキル
――LV3――
採取
――LV2――
――LV1――
器用、逃走、草原採取、砂浜採取、砂採取
▼――装備
コモンステッキ　ATK1.00
ボロギレ（上）
ボロギレ（下）

採取用手袋LV1
コモンブーツ　DEF0.10 HP1

前回確認したときよりもスキルが増えているが、逃走以外すべて採取用のスキルだという事実が泣けてくる。

ちなみに洗濯したコモンシャツとコモンパンツは、アッシマーの手により仲良く窓際に掛けられている。

「透、MPにはきをつけて」

「ん、MP？」

「そうMP。コボたろうを召喚するのに必要なMPは9。透のMPは10。一度召喚することで透のMPはほとんどなくなってしまう。急にMPがなくなると危険。さっきみたいにふらふらになって、死んでしまうこともあるから」

さっき俺はSPがなくなって死んだ。それはMPでも同じことが言えるらしい。

10ある力のうち、9を一瞬で使い果たしたらどうなるか。……まあ、普通に正常で健常ではいられないかもな。

人間には自然に回復する力がある。風邪が治ったり、傷が塞がっていったりする力。

この世界にももちろんそういうのがあって、ＭＰが尽きたり不足してくると、健常な力……ＨＰやＳＰが豊富ならば、ＭＰはじわじわと回復してゆく。

「採取でつかれきって、ＳＰがない状態で召喚すると、ＳＰもＭＰも枯渇する。そうなると回復するためのリソースがＨＰしかなくなる。非常に危険」

ＨＰがなくなると死ぬ、なんていうのは俺でもわかる話だ。

「でも注意するってどうするんだ？」

「たとえば、モンスターがあらわれたときに慌てて召喚するのではなく、あらかじめ召喚して、二十分ほど休憩する。あるていどＭＰが回復してから採取にむかう」

「それってモンスターが現れたって肝心のときにコボたろうが時間経過で消える可能性があるよな」

「それは透しだい。透は【オリュンポスＬＶ１】のおかげで百十分召喚可能。二十分休憩して、九十分のあいだに採取をおわらせて帰ってくればいい」

「あー……なるほどな」

たしかに九十分で帰ってくればいい。一時間半ってだいたい、いつも採取に行って帰ってくる時間だ。そんなに苦ではない。それに、採取から帰ってくる頃には自動回復でＭＰ

が満タンに——

「MPについてもうひとつ。『召喚疲労』といって、召喚モンスターを使役するあいだはモンスターによってすこしずつMPを消費する。休んでいれば回復量のほうがおおいとおもうけど、透の場合、なにもしていなければ回復量と同じくらいMPを消費するかも。採取で頑張ってSPを消費すると、身体がSPを回復しようとして、MPはへるかもしれない」

「えぇ……マジ？　ってことは、採取が終わるたびに休憩しなきゃなんないのか？」

「とくに最初のうちはそう。みんなそうしてる。透が働きすぎなだけ」

働きすぎとまた言われ、なんという現実との違いだろうかと苦笑する。

「でもたぶん、それも最初だけ。一ヶ月もすればレベルがあがって、MPがふえれば消費の割合がへるから楽になる。召喚をつづければスキルも覚えられるようになる。【MP】【MP節約】【召喚MP節約】【召喚疲労軽減】といったスキルを習得すればもっと楽になる」

「気が遠くなるな……」

一ヶ月って……。

俺は召喚モンスターさえ手に入れれば、なんとかなると思っていた。

「考えなしにひとりでたたかえると思ってはだめ。マイナーコボルト一体を相手にするとき、コボたろうと透、ふたりがかりなら勝てると思ってはだめ。相手は全力。コボたろうは後ろでふらふらになった透を守りながらたたかう。つまりそういうこと」

ああ……そうか。そうだよな。召喚モンスターは俺が死ぬと召喚解除されちゃうんだったよな。なら、俺が死んだらだめなんだよな。

「……そうだな。召喚士になって、すこし舞い上がってたみたいだわ。とりあえずしばらくは召喚魔法を使ってから休憩して、ＭＰが落ちついてから採取に出るようにするわ。そんで金貯めてスキルを買う。レベル上げとかモンスター倒すのとかはそのあとだ」

「そう。わかってくれた」

「もう、藤間くん無茶ばっかりするんですから……。コボたろうを連れてモンスターの群れに突っ込んじゃだめですよぅ……？」

ほっと息をつくリディアとアッシマー。

千を超す召喚モンスターが世界を掌握する……そんな日はまだまだ遠いようだ。

「透、あわててはダメ。きょうはゆっくり休んで、あしたの朝に召喚するべき」

……でも、ここまで散々抗ってきた俺だ。

「召喚——コボたろう」

「っ……」

「いっつも心配ばっかりさせるんですからもー……。でもわかってくれてよかった……って藤間くんなにやってるんですかぁぁぁ⁉」

リディアの息を呑む声。アッシマーの悲鳴。

コボたろうを手に入れた瞬間、召喚方法は頭に入ってきた。

コモンステッキの先を木の床に軽くつけると、俺の言葉に反応して半径1メートルほどの魔法陣が現れた。

これが――召喚魔法。

魔法陣は俺の足元から前へと移動し、俺のつま先から完全に離れたところで停止した。

魔法陣から溢れる、青い光。

「眩しっ……⁉」

アッシマーが手で目を覆う。たしかに眩い。

そうだよな。俺がお前に逢いたいと思っていたように、お前も逢いたいと思っていてくれたんだよな。こんなに眩しい光を放つほど……！

「ぐるぅ……」

光が消えたとき、ついにその姿が顕になった。

俺に向かって水平に横たわる槍。上下に着込んだボロギレ。俺に跪く毛むくじゃらの身体。犬の頭。垂れ気味の犬耳がひょこひょこと揺れている。

「コボたろう」

「がうっ！」

そこには俺と闘ったマイナーコボルトよりもはるかにつぶらな瞳を持ったコボたろうが、恭しく跪いていた。

「ついに、逢えたな」

「がうっ！」

外見はもろコボルトだ。つぶらな瞳とぺたんと従順そうな耳以外はモンスターのコボルトだ。獰猛そうな牙が白く煌めいている。

しかしなんだ、この胸の奥底からこみ上げてくる愛しさは。

「はわわわわ……藤間くん、本当にモンスターを召喚しちゃいましたぁ……」

「透、どうして」

「一日でも早く、強い召喚士になりたいからな。今日のうちにMPを消費する経験をしておいたほうがいいだろ」

そのほうが【MP】とか【召喚】のスキルブックが早く読めるようになる気がした。

「コボたろう」

「がうっ」

「得意なことはあるか？」

「がうがうっ！」

コボたろうは自らと俺のあいだに水平に置かれた槍を手にとって掲げた。

「よしじゅうぶんだ。コボたろう、俺は誰よりも凄い召喚士になる。これから先、何体、何十体、何百体、何千体とモンスターを使役するが。最初のひとりがお前だ、コボたろう」

「がうっ！」

「一緒に天下を獲るぞ。頑張ろうな、コボたろう」

「がうっ！」

そこまで言って、足元がふらついた。アッシマーが慌てて俺に駆け寄るが、

「ぐるぅ……」

「は……はは……。偉そうなこと言ったが、いまはこんなんだ。こっから成り上がっていくんだ、コボたろう」

「がうっ！」

アッシマーよりも早く立ち上がって俺を抱きとめてくれたコボたろうは、俺がバランスを立て直したことを確認すると、ふたたび俺の前に跪いた。

「あー、なるほどな。ＭＰが急になくなると…………たしかにこれ、きっついな」

「だからいった」

立ちくらみというか、もう目が回る。すこし気持ち悪い。たまらずベッドに座りこんだ。

コボたろうは立ち上がり俺をベッドに寝かせると、ベッドを背に片膝を立てて座った。

左手は槍を抱えるように持っている……。

「はわわわわ……」

……アッシマーとリディアに滅茶苦茶圧をかけている。もはや威嚇だ。

「コボたろう、このふたりは…………あー、なんというかその、協力者だ。ふたりに敵意を向ける必要はないし警戒もいらない」

「ぐるぅ」

俺の言葉にコボたろうは立ち上がると、ふたりに向かって「失礼いたしました」と言わんばかりに頭を下げ、俺の枕の横に、こちら向きで正座した。

顔近っ……。

「悪いコボたろう。じつは、今日は呼んだだけなんだ。召喚ってのがどんなのか試してみたかったし、早く強くなりたかった。それに、コボたろうと顔合わせしたかったんだよ」

「がうっ」

訊(き)くまでもない。コボたろうは俺の言っていることがわかっている。ただ人間の言葉で喋(しゃべ)れないだけ。

「二十分だけ休憩させてくれ。そしたらすこしだけ外に出よう」

「がうっ！」

すげぇ、超素直(ちょうすなお)。ああ、癒(いや)されるなぁ……。

「透、すごい」

「んあ？　なにが」

リディアが横たわる俺と正座するコボたろうを見比べている。

「コボたろうには、自我(じが)がある。心もある。ふつう召喚(しょうかん)モンスターには心がない。あっても、一ヶ月、一年と長いときをかけてはぐくむ。ふつう召喚モンスターは召喚士の忠実なしもべ。なんでも言うことを聞いて、なんでも忠実に実行する」

まあ、たしかに召喚ってそういうイメージだよな。

「コボたろうは透の指示でわたしとアッシマーに背をむけた。でも、警戒は完全にといていない。ふつうは召喚士の言葉どおりに警戒を完全にとく。なのに、わたしたちに背をむけながらも、わたしたちから透を守ろうとしてる。ふしぎ」

心と自我、か。

「いいじゃねえか。悪いことさえしなけりゃ、イエスマンとか人形よりそっちのほうがよっぽどいい。それに自我なんて『意思』のなかにいるときからずっとあっただろ」

俺の言葉に反応して明暗する青い煌めきは、間違いなくコボたろうの自我だったと俺は思ってる。だからこそ、俺はコボたろうがどうしても欲しくなったんだ。

「やっぱりふしぎ」

「なにがだよ」

「透のこと。召喚モンスターに自我があって喜んでるようにみえる」

「見えるんじゃなくて、喜んでるんだよ」

「どうして」

「どうしてって……………そっちのほうが愛着湧くだろ」

言いながらも既に愛着が湧いている。つぶらな瞳やひょこひょこ動く垂れた耳とか、素直なところとか。

相変わらずコーヒーでも出てきそうなカランカランした音と、すこし古い本の匂い。

「こんばんにゃー♪」

そしてこのあざとい店主がいるスキルブックショップにはラッキーなことに、ほかに客はいなかった。

「にゃにゃ？　はじめましてにゃ？」

「おじゃま、します」

初対面のココナさんとリディアが自己紹介をして、視線はコボたろうに注がれる。

「おにーちゃん、ついに？」

「ああ。コボたろうっていうんだ。ほら、挨拶」

「がうっ」

「ココにゃんにゃー♪　よろしくにゃ、コボたろー♪」

「がうっ！」

……ここ、エシュメルデでは召喚モンスターを引き連れて街を歩いていてもとくに問題はないらしい。

俺はコボたろうを仲間だと認識しているが、街の人はモンスターがいるぞ！　と驚かないのだろうか。そんな不安もあったが、

『へーきへーき！　召喚モンスターには殺意も敵意もないからね。街の人は召喚モンスターだと思っても、モンスターだ！　って危険を感じたりしないよ。現に召喚モンスターを引き連れて街にいる召喚士、結構いるから』

まあ召喚士自体が少ないんだけどね、と女将が説明してくれた。

大量に召喚して通行の妨げになったり、ともかく迷惑をかけないかぎりは大丈夫らしい。

「ん？　……んー？　もしかしてコボたろー、スキルブックをセットできるにゃ？」

「そういえばステータスにひとつまでスキルブックをセットできるって書いてあったな」

「おー！　すごいにゃ。とりあえずスキルモノリスを持ってくるからちょっと待っててにゃー♪」

ココナさん――そういや呼び捨てでいいって言ってたな――ココナは嬉しそうに店の奥へ駆けていった。

「いやおい、奥に行くなら白い砂を持っていってほしいんだけど。……おーい」

コボたろうが背に担いでいるのは、最近砂浜で採れるようになった『オルフェの白い砂』の入った革袋だ。

昨日ココナと〝オルフェの白い砂三十単位と革袋一枚〟を〝2シルバー+革袋二枚〟と交換する契約を交わしたばかりなんだが……。というかここに来た理由がまさにそれなんだが。

「お待たせにゃーん♪」

にっこにこの顔で四枚のスキルモノリスを両手で持ってくるココナ。くっそ、買わせる気まんまんじゃねえか。

「なあココナ。俺、今日は金を持ってきてないぞ」

「心配ご無用にゃ！」

俺たちにスキルモノリスを手渡すと、なにもない空間から革袋二枚と銀貨二枚を取り出すココナ。

「お金ならここにあるにゃん♪　オルフェの白い砂三十単位、まいどありにゃーん♪」

怖っ！　白い砂の取引額を全部スキルブックに使わせるつもりじゃねえか！

「このお店、すごい。見たことのないスキルがたくさんある」

「にゃふーん、リディにゃんはお目が高いにゃ。ＬＶの高いものは置いてにゃいけど、種類の豊富さならどこにも負けないにゃ」

たしか【リンボーダンス】とかも置いてあるんだよな。習得可能になったらどうしよう。

つーかリディにゃんってなんだよ。

「がう？」

コボたろうが「どうしたらいい？」と首を傾げてくる。

俺はため息をつき、仕方なくスキルモノリスを操作した。

【召】コボたろう（マイナーコボルト）
スキルスロット→1
【主】藤間透　2シルバー

▼――ステータス
ＨＰＬＶ１　30カッパー　器用ＬＶ１　30カッパー
▼――戦闘
槍ＬＶ１　30カッパー　防御ＬＶ１　30カッパー
▼――行動
歩行ＬＶ１　30カッパー　警戒ＬＶ１　30カッパー
気配ＬＶ１　50カッパー
▼――その他
騎士道ＬＶ１　50カッパー

「なあココナ。召喚モンスターにスキルをセットする、ってどういうことなんだ？　このスキルスロットってのが関係してるのか？」

「召喚モンスターは普通、スキルを習得できないにゃ。でも召喚者がそういうスキルを持っている場合は習得できて、召喚モンスターにスキルをセットすることでスキルの効果が表れるにゃ」

「セットと習得はどう違うんだ？」

「スキルブックを購入して習得するところまでは同じにゃ。おにーちゃんたちはそれだけで全部のスキルの効果が表れるけど、召喚モンスターはそうはいかないにゃ。習得スキルをセットすることで初めて効果が発揮するにゃ。コボたろうのスキルスロットはいまのところひとつにゃから、ＬＶ１のスキルブックをふたつ購入しても、ふたつ同時に効果を発揮できないにゃ」

「ええと……じゃあ【槍ＬＶ１】と【防御ＬＶ１】を習得しても、どっちかしか使えないってことか？」

「そうにゃけど、召喚士は召喚モンスターのスキルスロットを好きなタイミングで瞬時に入れ替えられるにゃ。だからそのふたつを習得しておいて、基本は【槍ＬＶ１】、コボたろうが大きな攻撃を受けてしまいそうなら【防御ＬＶ１】に切り替えてあげればある種両方のスキルを使えることになるにゃん」

んあー……。結構忙しそうだなおい。リディアに釘をさされたけど、慣れてきたらコボたろうとふたりがかりで戦闘しようと思っていたんだが、そんな余裕はないかもしれん。

「ちなみにコボたろうは自分の意思でスキルを切り替えられるのか？」

「基本的にはできない『がうっ！』にゃ……ん？」

ココナの否定をコボたろうが割り込んで肯定した。ココナもリディアも驚いている。

「コボたろう、できるのか？」

「がうっ！」

「できるみたいなんだけど……」

顔を見合わせるココナとリディア。

「おにーちゃん、コボたろうを召喚してから何年経つにゃ？」

「三十分前にはじめて召喚した」

「コボたろうにはすでに自我がある。だから自分の意思でスキルをきりかえられる……ほんとうにふしぎ」

またも首を傾げるリディア。ココナは首を傾げるだけでは満足できないようで、疑問を前のめりでぶつけてくる。

「いやいやいやいやおかしいにゃん。召喚モンスターは最初赤ん坊みたいなものにゃ。ご主人さまへの忠誠を植えつけられた乳児にゃ。普通、何ヶ月も何年もかけて心を育んでいくもので、またそれを支えることが良い召喚者の務めにゃ。それなのになんでコボたろうにはもう心があるにゃ？」

「んなこと言われてもな。……いいんだよ、こっちのほうが。なあ、コボたろう」

「がうっ！」

アルカディアには、与えられるユニークスキルというものがある。

聞けば祁答院のように剣の扱いが得意になる【エクスカリバー】、灯里のように魔法が得意になる【黄昏の賢者】。アッシマーの【アトリエ・ド・リュミエール】。

同じように俺に与えられた【オリュンポス】が召喚モンスターにはないはずの心を与えるものだったのなら、俺は、与えられるだけの人間から、何かを与える人間になれるじゃないか。

それが与えられたユニークスキルの力だというのは些か癪だが、それだけじゃない。

俺はこれからコボたろうと育んでゆく。生活を、心を育んでゆく。与えて、与えられて、育んでゆく。

「コボたろう」

「がう？」

それはチートでもユニークスキルでもなく、俺の……藤間透の意志だ。

「強く、なろうな」

「がうっ！」

強くなる。

底辺が異世界で成り上がり無双するまで。

遥か遠く長い道のり。

俺は今日、その第一歩を、たしかに踏み出した。

（了）

あとがき

はじめましてのかたははじめまして。そうでないかたはこんにちはこんばんはおはようございます。いつも楽しく元気にふんふんふんす！　かみやと申します。

『召喚士が陰キャで何が悪い』一巻、私の〝好き〟をこれでもか！　と詰めましたが、みなさまいかがでしたでしょうか。お気に召していただけますと幸いでございます。

作家は孤独な生きものである、と耳にします。昨今は小説投稿サイトやＳＮＳの普及により、読者さまとのコミュニケーションが以前よりもとりやすくなり、昔ほどではなくなったと感じますが、なんだかんだ作品は作家ひとりで書くもの。孤独なことに変わりはありません。……そう思っていた時期が私にもありました。

たしかに作品の執筆自体は作家ひとりが行ないますが、読者さまのご感想からいただくモチベーション、アドバイスをくださった作家仲間、本になるにあたり相談に乗ってくださった編集者さま、出版社さまのお力があったからこそこうして本にすることができました。自分の力にこだわって、しかし結局はみなさまの力があったからこそ。そして、それが誇らしい——これはモンスターの意思を手に入れた透と共通することでもありますね。

本作品を執筆するにあたり、この場をお借りして、お世話になった方々に謝意を。

本作のイラストをご担当くださったｃｏｍｅｏさま、超美麗なイラストをありがとうございます！

作家として一番辛かった時期に励ましてくださったわくわく絵本サポートの深月春花先生。たくさんのイラストを描いてくださったひろまごさん。おふたかたがいらっしゃらなければ、ここまで来ることはできませんでした。ありがとうございます！

白バニアッシマーやヘッダー等いろいろ描いてくださった戸森鈴子先生、かっこいい透のイラストを描いてくださった巻村螢先生、可愛いリディアのFAをくださった徒人さん。たくさんの高級なお肉やメロンを送ってくださったたちの子さん、自家製のお野菜をくださった緑牙さん、地元の美味しい食べものをいっぱい送ってくださったランガさん、ありがとうございます！

この作品をお読みになってくださった読者さま、本当にありがとうございます！

もしも二巻が出れば、バトルファンタジー&ラブコメ色強めでいきます！　がうがう♪

みなさまとまた会えますように！

かみや

召喚士が陰キャで何が悪い 1

2022年2月1日　初版発行

著者——かみや

発行者—松下大介
発行所—株式会社ホビージャパン

〒151-0053
東京都渋谷区代々木2-15-8
電話　03(5304)7604（編集）
　　　03(5304)9112（営業）

印刷所——大日本印刷株式会社

装丁——BELL'S GRAPHICS／株式会社エストール

ISBN978-4-7986-2721-2　C0193

ファンレター、作品のご感想お待ちしております

〒151−0053　東京都渋谷区代々木2−15−8
(株)ホビージャパン HJ文庫編集部 気付
かみや 先生／comeo 先生

アンケートはWeb上にて受け付けております

https://questant.jp/q/hjbunko

- 一部対応していない端末があります。
- サイトへのアクセスにかかる通信費はご負担ください。
- 中学生以下の方は、保護者の了承を得てからご回答ください。
- ご回答頂けた方の中から抽選で毎月10名様に、HJ文庫オリジナルグッズをお贈りいたします。